LE ROBINSON

FRANÇAIS.

ROBINSON

FRANÇAIS,

ou

LE PETIT NAUFRAGÉ,

PAR

Mme JULIE DELAFAYE-BREHIER ;

Avec 8 jolies gravures.

TOME II.

PARIS.

LIBRAIRIE D'ÉDUCATION D'ALEXIS EYMERY.
rue Mazarine, n° 30.

—

1827.

LE ROBINSON

FRANÇAIS.

~~~~~~~~~~~~~~~~~~~~~~~~~~~~~~~~~~~~~

CHAPITRE XIII.

*De quelle manière George passait le
temps dans sa retraite.*

La première année que je passai
dans l'île s'écoula bien plus prompte-
ment qu'on ne serait tenté de le croire, d'après la profonde solitude qui
y régnait. On s'imaginera naturellement que l'ennui, qui s'empare souvent des hommes au milieu des dis-
tractions de la société, ne devait pas
épargner un pauvre exilé livré à ses
seules ressources, et n'ayant d'autre
compagnie que celle des bêtes ; cependant il n'en était rien. Les travaux

que j'avais entrepris, ma vie nomade
pendant six mois, le soin de pour-
voir à ma subsistance, toutes ces occupations mêlées de plaisirs et d'inquiétudes me délivrèrent du moins de
cette langueur fastidieuse qu'on appelle communément de l'ennui. Il m'é-
tait plus difficile d'éviter les mouvemens de désespoir dans lesquels me je-
taient souvent mes propres réflexions
lorsque je venais à penser que je me
trouvais à mon âge séparé de tout l'u-
nivers, sans avoir la certitude de sortir
un jour de mon exil. Je passais alors
plusieurs heures à pleurer avec une
amertume inconcevable. Toutes les
idées que je m'étais faites d'une ville
située de l'autre côté du lac, sans être
absolument détruites, ne faisaient
que flotter dans mon esprit, sans
avoir assez de force pour me consoler. Souvent même, découragé de ne

rien voir paraître qui pût confirmer mes conjectures à cet égard, je traitais mes espérances de folies et de chimères ; mais plus souvent encore je les appelais à mon secours.

Mes occupations étaient réglées avec un certain ordre. J'avais un temps prescrit pour le travail et un autre pour le plaisir. Dans le premier se trouvait compris tout ce que la nécessité exigeait de moi, pour l'entretien de ma vie, la récolte des bananes, la pêche, la chasse aux petits oiseaux, les réparations ou les améliorations de mes deux logemens, etc. La lecture, la promenade, le bain, me servaient de récréations. Je me divertissais à voir mon chien poursuivre le gibier au milieu des bois et sur les collines; quelquefois d'un endroit élevé et découvert, je les voyais tourner tout autour de moi, j'étais témoin

de leurs ruses, de leurs combinaisons
ingénieuses, et j'admirais intérieure-
ment des animaux qui, n'ayant peut-
être jamais vu d'autre chien qu'Azor,
se trouvaient tout d'un coup si ha-
biles à s'en défendre. Il en était de
même des poissons, que je prenais
d'abord avec la main, et qui devinrent en peu de temps si remplis de dé-
fiance, que j'étais obligé d'employer
beaucoup d'art à les pêcher. Enfin il
est une autre chose que je dois faire
entrer au nombre de mes plaisirs,
c'est celui de ne rien faire. Dans les
pays septentrionaux, l'oisiveté est presque toujours accompagnée de l'ennui,
parce que la température du climat y
donne à nos corps et à nos esprits une
activité qui a besoin d'aliment; mais
sous un ciel ardent, la fraîcheur et le
repos deviennent par eux-mêmes de
véritables plaisirs, indépendans de

toute autre circonstance. Voilà pourquoi les habitans des pays chauds sont
naturellement indolens; voilà pourquoi ils vantent sans cesse la volupté
qu'on goûte à jouir de la fraîcheur
des arbres sur le bord des fontaines.
Je cédais comme eux à ce mol aban-
don, et je passais volontiers deux heures étendu à l'ombre des bocages sur
les rives du lac, prêtant l'oreille au
doux murmure des ondes qu'une fai-
ble brise agitait entre les roseaux. Je
m'avisai aussi d'une autre sorte de di-
vertissement en essayant de jouer de
la clarinette. (Le lecteur se rappelle
que j'en avais sauvé une du naufrage.)
Il est vrai que je ne savais pas une note
de musique, et n'avais pas la moindre
connaissance de cet instrument; cependant je ne laissai pas de l'étudier
et d'en tirer quelque parti. A force de
travail et de patience, je parvins à

jouer sur cette clarinette tous les airs
que je savais. Non-seulement j'y trouvais ce plaisir que donnent toujours
les difficultés vaincues, mais je me flattais que le vent ou les échos porte-
raient ces sons assez loin pour qu'ils
fussent entendus des habitans de l'autre rive, et que ceux-ci, guidés par
eux, viendraient enfin au secours
du nouvel Orphée qui les produisait.
Dans cette intention, je me plaçais le
soir à l'entrée de ma tente, et je passais une partie de la nuit à faire de la
musique. Les échos répétaient mes
airs de colline en colline, mais ils furent les seuls qui parussent les entendre.

Le climat sous lequel je me trouvais
est l'un des plus délicieux du globe.
Les jours y sont égaux aux nuits, et l'ardeur du soleil s'y trouve tempérée par
la fraîcheur que répandent les eaux de

la mer et du lac, par l'ombrage d'un
nombre infini de grands arbres qui
y croissent avec beaucoup de vigueur;
à la vérité les orages y sont fréquens,
d'une violence extraordinaire, et ac-
compagnés de pluies abondantes, qui
durent plusieurs jours; mais ces cri-
ses sont suivies de tant d'avantages
qu'on doit les regarder plutot comme
des bienfaits que comme des fléaux.
Elles rendent à l'air sa salubrité, et ra-
niment la végétation d'une manière
miraculeuse, ainsi que je l'ai déjà dit
une fois. Les saisons n'y sont point divisées comme en Europe : il y a des
fleurs, des feuilles et des fruits en tout
temps ; à l'exception d'un très-petit
nombre d'arbres qui perdent leurs
feuilles pour quelques mois, tel que
l'arbre monstrueux dans lequel j'é-
tais logé, les autres ne se dépouillent
jamais entièrement; à côté d'un fruit

mûr s'en développe un autre à peine
formé; la feuille ne se détache que
pour faire place à une feuille plus fraîche, et la fleur se trouve toujours entre le fruit et le bouton. Je n'ai jamais
aperçu sur cette terre aucun animal
dangereux; les reptiles même y sont
en petit nombre et fort timides : au
lieu que les oiseaux, les quadrupèdes
innocens et les poissons y abondent.
Le seul être qui m'y ait inspiré de l'effroi est une chauve-souris d'une grandeur démesurée, qui voltige dans l'air
aussitôt après le coucher du soleil.
La première fois que je l'aperçus son
aspect me parut si affreux que je me
cachai au fond de ma tente pour n'en
sortir qu'au jour; mais insensiblement
je m'y accoutumai, et l'horreur que
cet animal me causait ne fut pas assez
grande pour m'empêcher de jouir de
la beauté des nuits. Tel était le lieu

où il avait plu à la Providence de me
placer. Je me disais souvent en moi-
même : — Certainement, il est déplorable à mon âge de vivre absolument seul, de mener une existence
sauvage, après avoir connu les douceurs de la civilisation, et de voir se
terminer par une semblable catastrophe un voyage dont j'attendais de si
grands avantages; mais à travers tant
de sujets de douleur, que de grâces
n'ai-je pas à rendre au Ciel quand
je songe à tous les maux dont j'étais
menacé! Dieu m'a conduit ici comme
par la main , car de tous ceux qui
m'ont abandonné dans ce fatal vaisseau, aucun assurément ne doute à
présent de ma perte, tant elle paraissait certaine. Je n'en doutais pas
moi-même, et je me serais estimé
heureux, pendant cette navigation
aventureuse, d'avoir pour asile le plus

effroyable désert. Je me trouvais dans
le voisinage de l'Afrique, dont les
rivages sont désolés par les tigres,
les lions et les anthropophages, espèce
d'hommes plus dangereux que les
bêtes féroces elles-mêmes, parce
qu'on n'a pas autant de raison de
s'en défier. Je pouvais aborder dans
ces parages redoutables, et ne sortir
d'un péril que pour retomber dans
un plus grand. Au lieu de cela, me
voici dans un véritable paradis ter-
restre, abondant en fruits, peuplé
d'animaux innocens, et dont la solitude même augmente la sécurité. Ce
n'était pas assez que je pusse m'y
sauver des écueils de la mer, la Providence a mis elle-même mon vaisseau à l'ancre, en l'enfonçant dans
le sable, afin que j'eusse le temps
d'en retirer les objets qui m'étaient
nécessaires. O mon Dieu! continuai-

je en me jetant à genoux, il est donc
vrai que plus le péril de tes créatures
augmente, plus tu déploies en leur
faveur de puissance et de bonté, tellement que celui qui croyait d'abord
n'avoir que des plaintes à proférer,
ne peut réfléchir un moment sur lui-
même sans trouver mille sujets de
te bénir.

C'est ici l'occasion de rapporter
une petite aventure qui m'arriva peu
de temps après que je me fus établi
au bord du lac, parce qu'elle devint
pour moi un nouveau benfait de la
Providence. Le lecteur n'a point oublié que j'avais quatre poules, dont
les œufs me fournissaient le mets le
plus délicat de ma table. J'eus le
chagrin d'en perdre deux qui disparurent l'une après l'autre, sans
qu'il me fût possible de deviner ce
qu'elles étaient devenues. Je suppo-

sai néanmoins que quelque animal les avait mangées, et la crainte de perdre aussi les deux autres m'obligea de les retenir prisonnières; mais soit que la perte de leur liberté en fût la cause, soit que, habituées à vivre d'insectes et de graines, qu'elles savaient choisir mieux que je ne pouvais faire, elles ne s'accommodassent plus aussi bien d'une autre nourriture, elles périrent l'une et l'autre à mon grand regret. Je les pleurai plus encore pour elles-mêmes que pour les présens que j'en recevais. C'étaient avec mon chien les seuls animaux qui entendissent ma voix dans cette solitude, les seuls du moins qui y répondissent, et dont la douce familiarité me payait de mes soins. Les sentimens affectueux sont si naturels au cœur de l'homme, qu'à défaut de ses semblables il s'attache à tout ce qu'il rencontre; car ce ne

sont pas seulement les animaux qui
lui deviennent chers : un arbre, une
fleur, qu'il aura plantés, s'emparent
de toute sa sollicitude. Je résolus de
chercher dans les bois un nid où il
y aurait de petits oiseaux, et d'essayer de les élever ; mais au lieu de
celui que je cherchais, j'en découvris un autre bien plus précieux, et
qui me causa une joie inexprimable.
Je vis dans le creux d'un rocher, sous
des halliers assez épais, un gros oi-
seau que je reconnus pour l'une de
mes poules que je croyais perdues.
Elle couvait un assez grand nombre
d'œufs ; mais persuadé qu'ils ne valaient rien, je me contentai d'emporter la poule dans ma demeure.
Une autre surprise, non moins agréable, m'y attendait à mon retour.
C'était ma seconde poule égarée, en-
tourée d'une vingtaine de petits ani-

maux qui ne ressemblaient pas entièrement à des poulets, quoiqu'elle
en fût la mère. Pendant que je regar-
dais mes nouveaux hôtes, la cou-
veuse s'échappa de mes mains, et
retourna à son nid. Je n'eus garde de
la déranger, après l'exemple que j'a-
vais sous les yeux. Elle revint d'elle-
même au bout de quelques jours,
accompagnée d'une famille semblable
à celle de sa sœur, qui tenait en
même temps de la poule et de la
pintade, d'où je conclus que mes
exilées avaient fait en se promenant la
conquête de quelque coq de pintade, cette espèce étant assez commu-
ne dans l'île. On devine aisément
combien je dus apprécier un si grand
avantage. J'étais assuré désormais de
ne plus manquer d'œufs. Je pouvais
même me régaler par la suite d'un
plat de rôti fort délicat ; mais j'avais

trop de plaisir à voir courir autour
de moi ces jolies petites familles pour
m'arrêter à des projets capables de
leur coûter la vie.

Je m'étais proposé plusieurs fois
de chercher les moyens de traverser
le lac, que j'avais pris d'abord pour
une large rivière, mais que les diverses courses que je fis autour par la
suite m'apprirent à connaître enfin
pour ce qu'il était. Je n'en fus pas
plus avancé. Non-seulement il était
fort étendu, mais il me devint impossible de suivre long-temps ses rives. Sa forme était celle d'une poire
à poudre. La partie arrondie se trouvait encaissée entre de hautes montagnes remplies d'escarpemens et de
fondrières inaccessibles, ou du moins
qui me parurent tels, car j'avoue
que le seul aspect de ces montagnes
sauvages, dignes de servir de retraite

aux bêtes féroces, m'ôta le courage
d'avancer plus avant. La partie étroite
du lac se terminait par des marais
embarrassés de tant de joncs et de
plantes épineuses, qu'il ne me fut pas
plus aisé de pénétrer de ce côté que
de l'autre, de sorte que ce lac était
réellement pour moi comme une rivière qui me séparait de la moitié de
l'île. J'ai beau appeler ainsi le lieu que
j'habitais, il n'en faut pas conclure
que je le connusse alors parfaitement;
ce n'est que fort long-temps après
que mes idées se sont fixées à cet
égard.

CHAPITRE XIV.

Un violent desespoir met en danger la vie de George.

———

Le peu de succès de mes tentatives pour passer de l'autre côté du lac me portèrent à me résigner plus paisiblement à mon sort.

— Tu ne peux rien de plus que tu n'as déjà fait pour t'affranchir de ta captivité, me dis-je à moi-même ; supporte-là donc, puisqu'enfin c'est la volonté du Ciel. S'il a résolu que tu meures en ces lieux, tous tes efforts ne t'en feront pas sortir ; si au contraire il veut ta délivrance, les moyens ne lui manqueront pas. La seule chose que tu as à faire, c'est de te soumettre et de travailler sans cesse à l'amélioration de ton sort.

Dès que je fus parvenu à envisager ainsi de sang-froid ma position, je la supportai avec plus de patience. Plus je m'armais de courage, plus son horreur même diminuait à mes yeux, comme il arrive de tous les objets effrayans avec lesquels on ose se familiariser.

— Pour quelques jours que j'ai à vivre, me disais-je encore, n'est-il pas indifférent que je les passe dans le monde ou dans la solitude? ma mère, mes sœurs, mon frère, ces tendres objets de mes regrets, n'aurait-il pas fallu m'en séparer tôt ou tard? Si je n'ai qu'un bien petit nombre de vertus à exercer ici, je m'y trouve aussi à l'abri de beaucoup de vices dans lesquels je me serais peut-être laissé entraîner.

Ces réflexions prouvent que j'étais devenu philosophe dans ma retraite,

et que mes lectures m'y formaient
le cœur et l'esprit. On passe promp-
tement de l'enfance à la raison, lorsque la nécessité nous oblige de mé-
diter jusqu'à nos moindres démarches, et qu'il faut être à soi-même
son guide et son consolateur.

Ne me nourrissant à-peu-près que
de végétaux, que j'allais recueillir
quelquefois à d'assez grandes distances, j'imaginai de réunir ceux qui
m'étaient utiles, d'en former un jardin, et d'essayer par la culture de
leur donner plus de saveur. Je choisis un terrain d'une nature facile à
travailler, sur le bord du lac, dont
la fraîcheur devait lui être favorable;
je lui traçai une forme régulière, je
détruisis à l'aide du feu les arbustes
qui l'encombraient, et j'entrepris ensuite de le défricher; mais quelqu'ac-
coutumé que je fusse au travail, celui-

là me parut d'autant plus pénible
que je manquais de bons outils. Les
miens s'étaient émoussés. Je me sou-
vins alors de ceux que j'avais laissés
dans le vaisseau, et formai le projet
de les aller quérir, si toutefois j'étais
assez heureux pour retrouver le bâ-
timent à la même place.

Je partis avant le lever du soleil
avec mon chien, mon bâton et mon
sac de provisions, à-peu-près dans
le même équipage que lorsque j'allai à la découverte du lac de l'Espérance. Comme c'était un dimanche
matin, je me rendis d'abord à ma
chapelle de Sainte-Clémence pour
prier Dieu. Ma prière terminée, je
m'arrêtai un moment pour admirer
le tableau qui se développait devant
moi. Des brouillards, semblables à
des draperies flottantes, envelop-
paient la surface du lac et le pied

des collines. Celles-ci paraissaient au
milieu de ces nuées blanches comme
des îles couronnées de verdure,
jusqu'à ce que les rayons du soleil
vinssent dissiper toutes ces vapeurs et
fixer enfin ce tableau mouvant. Alors
la rosée étincela de mille couleurs,
les oiseaux recommencèrent leurs
chants, les fleurs embaumèrent l'at-
mosphère, un vent frais balança la
cime des arbres, et donna aux vagues
du lac une ondulation plus vive et
plus gracieuse. Je me mettais en route à la suite d'un de ces violens orages dont j'ai parlé, parce que dans
un autre temps j'étais incertain de
trouver de l'eau sur ma route, et
que j'en aurais certainement manqué
dans la partie de l'île où je me rendais. Cette circonstance, en augmentant les charmes de la nature, donna
un nouvel agrément à mon voyage.

Jamais je ne me sentis plus gai et plus dispos que dans ce jour qui devait se terminer pour moi d'une manière si cruelle ! Je revoyais avec plaisir tous les lieux où j'avais dressé ma tente et campé pendant ma translation. Je m'arrêtai vers le milieu du jour sous un ombrage fort épais ; Azor et moi nous mangeâmes des ignames cuites, nous bûmes de l'eau d'un petit ruisseau, et nous nous reposâmes de notre marche en goûtant un sommeil paisible. Je pouvais dormir en tous lieux avec la plus parfaite sécurité, aucun bruit menaçant n'interrompait mon repos ; si quelque chose me réveillait, c'était le souffle du zéphyr, le murmure éloigné des vagues, les chants des oiseaux, ou les caresses de mon chien fidèle

D'aussi loin que j'aperçus l'Océan, j'y cherchai inutilement mon vais-

seau ; mais cette perte me fut peu
sensible, parce que je m'y attendais. Il me paraissait difficile en effet qu'il eût résisté si long-temps à
l'effort des vagues. Je ne laissai pas
néanmoins d'avancer, pour voir si
j'en découvrirais sur la grève quelques vestiges. Un autre objet s'em-
para bientôt de toute mon attention :
c'était un soulier d'homme à demi
usé et jeté négligemment sur le sable.
Un peu plus loin je reconnus l'em-
preinte de plusieurs chaussures semblables, et plus loin encore les restes
d'un feu éteint, autour duquel on
paraissait s'être assis en cercle. Ces
indices m'apprenaient clairement
qu'un navire s'était approché de l'île,
qu'une partie de l'équipage était des-
cendue à terre, et que ma délivrance
aurait été certaine si je ne me fusse
pas éloigné de ce rivage. Toutes ces

idées se présentèrent rapidement à
mon esprit, et me plongèrent aussitôt dans le plus violent désespoir
qu'on puisse imaginer. Je me roulai
sur le sable en poussant des cris dé-
chirans, je m'arrachai les cheveux,
j'accusai le Ciel de barbarie, et j'exha-
lai à travers mille sanglots les plaintes
les plus amères. Je ne me souvenais
plus des bons sentimens dans lesquels
je me trouvais à mon départ. Tous
les bienfaits de la Providence s'effacè-
rent de ma mémoire pour ne laisser voir que ses rigueurs. Je me re-
gardais comme le triste objet de la
colère céleste; ma perte me semblait
résolue, et je n'avais plus d'espoir
que dans la mort. Au milieu de ces
désolantes pensées, je continuais de
gémir avec une violence qui épuisa
enfin mes forces et me laissa sans
sentimens. J'ignore combien de temps

je demeurai dans cet état, mais en
ouvrant les yeux je vis Azor à mes
côtés, qui me léchait affectueusement
les mains. Ses caresses m'attendrirent,
je les lui rendis en versant de nouvelles larmes.

Cher compagnon de mes malheurs,
lui disais-je, tu es la seule consolation
qui me reste. Je te dois de me savoir
encore cher à une créature sensible,
même au milieu de cette profonde
solitude, et séparé de mes semblables ; mais ton amitié, toute vive et
dévouée qu'elle est, ne peut suffire à
mon triste cœur. Tu ne saurais partager ni comprendre mes peines.
Tous les lieux te sont égaux, pourvu
que tes besoins s'y trouvent satisfaits,
et tu ne tiens point à ce monde que
je regrette par les liens les plus chers
et les plus étroits.

Cependant un mal de tête, accompagné d'une forte altération, m'obligea de me lever et de gagner le pied d'un arbre, où j'avais déposé mes provisions. Mes jambes se trouvèrent si faibles et si tremblantes qu'à peine pouvais-je me soutenir. Je me laissai tomber de nouveau sur la terre, je bus avidement de l'eau que j'avais apportée avec moi dans une calebasse, et bientôt je me sentis en proie à une fièvre dévorante. Mes idées se troublèrent, je devins le jouet de mille illusions. Tantôt je croyais voir et entendre ma mère qui venait me chercher sur ce rivage; tantôt je gagnais à la nage une chaloupe peu éloignée ; d'autres fois il me semblait que des inconnus s'avançaient dans l'île, que je leur tendais les bras, que je faisais de vains efforts pour les appeler, mais que, retenu par une puissance invisible qui m'empêchait de

les suivre, ils passaient sans m'apercevoir. La nuit entière s'écoula dans
ces cruelles anxiétés. Lorsque la fièvre
fut un peu calmée, je profitai de ce
moment de relâche pour me traîner
au bord d'un petit ruisseau, ma provision d'eau étant épuisée. Ce ne fut
pas sans peine que je fis ce trajet, qui
ne m'aurait pas coûté plus de dix mi-
nutes dans un autre moment, et durant lequel je fus contraint de me reposer plusieurs fois. Azor m'avait
quitté pour aller à la chasse, je le vis
revenir tenant une espèce de lapin,
dont il avait l'air de m'offrir ma part.
Pour moi, après avoir bu de l'eau,
je me couchai sur le sable, et je m'a-
bandonnai à un accablement qui
m'appesantissait les paupières sans
me procurer les douceurs du sommeil. La nuit et le jour suivant, mon
mal devint encore plus grave. Je ne

sortais de mes longs accès de fièvre
que pour tomber dans un état d'a-
battement et de faiblesse qui m'ôtait
jusqu'à la faculté de penser ; quoique
je ne fusse guère capable d'apprécier
le temps qui s'écoula, je suppose que
je demeurai ainsi près de douze jours,
sans presque changer de place, ni
prendre autre chose que de l'eau; et
lorsque la raison me revint, mon
état me parut si misérable que je ne
doutai pas de ma mort prochaine.
Non-seulement je l'envisageai sans
effroi, mais je trouvai même de la
douceur à penser que tous mes maux
allaient être finis. Les principes religieux dont on avait nourri mon enfance, se présentèrent à mon esprit
et m'excitèrent à me préparer à ce
moment solennel, auquel je me
croyais parvenu. Je rassemblai mes
forces pour offrir à Dieu ma repen-

tance, et le remercier en même temps
de ce qu'il daignait abréger mon
exil. Enfin, je lui demandai avec
ferveur que ma mère pût trouver
dans ses autres enfans le dédomma-
gement des chagrins que ma perte
ne manquerait pas de lui causer.
Néanmoins dans le temps même que
je m'y préparais si saintement, la
mort s'éloignait de moi et me rejetait
de nouveau dans les embarras de la
vie. La fièvre me quitta, je ne me
sentis plus qu'une extrême faiblesse,
qui dura d'autant plus long-temps
que je ne prenais rien pour me for-
tifier. J'avais à peine la force de me
traîner sous les arbres pour chercher
quelques fruits tombés, et à leur défaut je mangeais du pourpier, seule
ressource qui me restait pour ne pas
mourir de faim. Oh! avec quelle
amertume je me souvenais alors de

la maison de ma mère! des tendres
soins que cette bonne mère nous
prodiguait à la moindre indisposi-
tion! et que n'aurais-je pas donné en
ce moment pour recevoir un bouillon
de sa main! Insensé! j'avais abandonné ma patrie pour être riche,
lorsqu'en effet je n'y manquais de
rien. Je me plaignais de ma misère
dans le temps que j'étais dans l'abondance; Dieu, pour m'en punir, m'a-
vait réduit à manquer de tout, et c'é-
tait alors que je connaissais la véritable pauvreté. Rien n'aggrave plus
une situation malheureuse que de la
comparer sans cesse à un état plus
prospère; mais aussi rien n'est plus
naturel que de tourner les yeux avec
regret vers des temps heureux qui ne
sont plus. Il est affreux au reste de se
voir abandonné mourant, sans espérance de secours et de consolation,

et je puis dire que cette époque de
ma vie en est la plus déplorable. La
force de la jeunesse ou plutôt la volonté de Dieu, qui me destinait à de
nouvelles aventures, mit enfin un
terme à mes souffrances, et après une
absence d'environ six semaines, j'eus
la douceur inexprimable de me retrouver au bord de mon lac.

CHAPITRE XV.

*De l'évènement qui inspira a George
une nouvelle resolution.*

———

Celui qui au retour d'un long
voyage jouit des embrassemens de sa
famille et de ses amis, ne se trouve pas
plus heureux que je ne le fus de revoir ma petite colonie, mes poules et
mes pintades, qui avaient prospéré
pendant mon absence. Dès le lendemain de mon arrivée, impatient de
me dédommager du long jeûne que je
venais de subir, je courus jeter mes
filets dans le lac. Ma pêche ne fut pas
très-heureuse ; j'y suppléai par une
pintade rôtie, car la faim m'endur-

cissait le cœur, et pour la première
fois je sacrifiai à ma sansualité l'un
de ces oiseaux innocens qui parta-
geaient ma solitude : j'avoue à ma
honte que loin d'en éprouver quelque remords, ce repas me parut si
délicieux que je me promis d'en faire
quelquefois de semblables. Rien ne
manquait à mon festin : l'eau, l'air
et la terre m'en faisaient les honneurs.
Le couvert était mis sur une verte pe-
louse, au pied d'un arbre qui me
couvrait de son ombre ; des feuilles
de bananier, longues, souples et
faciles à recevoir toute espèce de
formes, me servaient à-la-fois de por-
celaines et de linge de table. Ma bois-
son, toujours fraîche, coulait à quatre
pas de moi dans un petit bassin creusé
dans le roc vif, et sur ma tête une
foule d'oiseaux perchés sur les branches de l'arbre, semblaient célébrer

mon retour par des chants de triom-
phe. J'avais mangé souvent dans le
même lieu, mais ces circonstances
ne me frappèrent jamais comme dans
ce moment, où tout ce qu'elles
avaient d'agréable était encore relevé
par le souvenir de la misère dont je
sortais. Ainsi la Providence, toujours
attentive à notre bonheur, propor-
tionne constamment le plaisir à la
peine, et sait faire naître nos plus
vives jouissances de l'excès même de
notre détresse.

Je goûtai assez tranquillement
pendant quelques semaines le plaisir
d'avoir échappé à la mort, de me
sentir renaître, pour ainsi dire, et de
pouvoir jouir encore des beautés et
des bienfaits de la nature; mais à
mesure que je perdais le souvenir de
mes maux physiques, le chagrin qui
me les avait attirés, se réveillait dans

mon cœur, quoique avec moins de
violence. Ce vaisseau qui, selon
toutes les apparences, s'était arrêté
si près de moi, ne me sortait point
de l'imagination, et je ne cessais de
déplorer la fatalité de mon étoile qui
m'avait conduit dans un lieu si éloigné de tout secours, sur la plus douteuse espérance, tandis qu'en demeu-
rant où je m'étais fixé d'abord, ma
délivrance eût été certaine. Il est vrai
que ce rivage manquait d'eau les trois
quarts de l'année, mais j'aurais pu
trouver le moyen d'y creuser une ci-
terne, ou peut-être de découvrir une
source moins éloignée, en la cherchant plus attentivement ; car dans
l'enthousiasme que m'avait inspiré
la situation du lac et mon empressement à m'y rendre, je me souciais
peu du reste ; il s'agissait maintenant
de prendre des mesures pour ne pas

perdre à l'avenir une occasion semblable, si elle devait se présenter une
seconde fois. Plus j'y réfléchissais,
moins je trouvais le remède facile.
Abandonner les bords du lac et toutes
les commodités que j'y rencontrais,
me paraissait une résolution déses-
pérée, à laquelle je ne pouvais me
résoudre ; c'eût été renoncer à mille
douceurs assurées pour un avantage
fort incertain ; mais d'un autre côté
mon éloignement des bords de la mer
m'exposait à un exil éternel. Je m'a-
visai d'un expédient qui me sembla
concilier ces deux objections ; ce fut
d'établir sur le rivage une espèce de
signal avec ces mots écrits :

«Qui que vous soyez, que la Provi-
» dence fait aborder sur cette terre,
» ne l'abandonnez pas sans avoir re-
» cueilli un malheureux que la tem-
» pête y a jeté seul et sans secours ;

» et si vous mettez quelque prix à une
» bonne action, suivez la route que
» ces signaux vous indiqueront. »

J'en dressai en effet plusieurs autres à d'assez petites distances, sur lesquels on lisait *chemin du lac,* desti-
nés à conduire sûrement les pas de
ceux qui entreprendraient de me rejoindre. Tout cela n'était pas une
chose facile à exécuter, mais j'avais
déjà fait l'essai de ma force et de ma
patience. Je choisis dans les bois de
jeunes arbres propres à me servir de
poteaux, je les enfonçai en terre bien
solidement, les uns plus près, les
autres plus loin, selon que l'inéga-
lité du terrain le requérait, car il
fallait qu'un signal pût s'apercevoir
du précédent. Faute de planches qui
pussent me servir d'écriteaux, j'im-
primai, à l'aide d'une liqueur vio-
lette, inaltérable à l'eau, que me

fournissait le suc d'une petite baie, les inscriptions qu'on vient de lire, sur des bandes de toile blanche. Je roulai ensuite ces bandes autour des poteaux avec une telle précision qu'en tournant dans le même sens qu'elles, on ne perdait pas une syllabe de l'écriture. Si je n'avais dû placer que cinq à six de ces signaux, l'ouvrage n'eût pas été considérable; mais comme il s'agissait d'une route de trois lieues, il n'en fallut pas moins de trente, ce qui m'emporta beaucoup de temps. Cet ouvrage, dont je ne retirai pourtant d'autre fruit que de me tranquilliser à l'avenir, fut le plus important de ma seconde année. La Providence semblait prendre plaisir à confondre ma vanité en rendant inutiles mes projets et mes inventions, et en se réservant de me secourir par des voies que je n'avais pu

prévoir, afin qu'il me fût impossible
de m'en attribuer le moindre mérite.
C'est ainsi qu'elle multiplia mes animaux domestiques, après que je l'eus
en vain essayé, et dans le temps que
je les croyais perdus sans retour. De
même ces signaux sur lesquels je
comptais, et que je m'applaudissais
orgueilleusement d'avoir construits,
ne doutant point que je ne leur dusse
un jour ma délivrance, ne me servi-
rent nullement pour le but que je me
proposais : cette délivrance m'arriva
par un autre côté, ainsi qu'on l'ap-
prendra bientôt. C'étaient autant de
leçons que je recevais de la miséri-
corde du Ciel, pour réprimer mon humeur naturellement présomptueuse
et me forcer à m'humilier. Je n'avais
pas d'ailleurs réfléchi que mes inscriptions, écrites en français, n'é-
taient lisibles que pour mes compa-

triotes, ou un petit nombre de personnes versées dans la connaissance
des langues étrangères, et qu'il pouvait aborder en ce lieu dix vaisseaux
qui n'auraient pu comprendre ce
qu'elles signifiaient.Cette inquiétude,
il est vrai, ne manqua point de me
venir par la suite, mais j'espérai que
le seul aspect de ces signaux et de
leurs caractères, déterminerait les
navigateurs à les suivre, ne fùt-ce
que par curiosité. Je crois assez inutile de dire que durant mon travail
et long-temps après qu'il fut achevé,
je faisais de fréquens voyages du côté
de la mer, jusqu'à ce que, rebuté du
peu de fruit de ma persévérance, dé-
sespérant de sortir jamais de ces lieux,
je me résignai de nouveau à mon
triste sort.

Toutes les circonstances que je
viens de rapporter m'avaient fait né-

gliger les travaux de ma colonie, qui
exigeait des soins d'autant plus con-
tinuels que mes ouvrages n'étaient
pas extrêmement solides. Chaque
orage y dérangeait beaucoup de choses. Je me mis donc à réparer, à édi-
fier, à consolider ; et lorsque tout
fut en bon état, je repris mon ancien
projet de me construire un jardin.
Ce moment semblait être marqué
pour devenir le signal des événemens
les plus remarquables de ma vie solitaire. Déjà une partie du terrain
que j'avais choisi pour le cultiver,
débarrassé des herbes inutiles qui le
couvraient, était défrichée et dessinée
régulièrement en carreaux de six pas
de largeur. J'y travaillais avec courage, lorsqu'en levant les yeux, j'a-
perçus quelque chose d'assez considérable, flottant à la surface du lac.
Je laissai là mon ouvrage pour m'a-

vancer sur une langue de terre vers
laquelle le vent poussait cet objet;
c'était le corps nu d'un homme noir.
Je l'appelai en poussant des cris de
joie; hélas! il ne pouvait m'entendre,
la mort l'avait déjà frappé, et je ne recueillis qu'un cadavre. Le lecteur
imaginera sans peine à combien de
conjectures je m'abandonnai. J'exa-
minai attentivement le corps, que
j'avais sorti de l'eau et déposé sur
le gazon ; il n'y paraissait aucune
marque de violence, et rien ne m'en-
pêcha de supposer que cet homme
était tombé dans les eaux du lac en
se promenant sur ses bords, ou plutôt, ce que sa totale nudité me rendait plus probable, qu'il s'y était
noyé en prenant le bain. Il résultait
de ces deux suppositions que l'autre
rive était habitée, ainsi que je m'en
étais toujours flatté, et que ses habi-

tans étaient des nègres. Cette dernière découverte tempéra beaucoup la joie que la première devait me faire éprouver. Jusqu'alors occupé seulement du désir de me retrouver parmi des hommes, je n'avais guère réfléchi à l'espèce qui pouvait habiter cette terre, et je commençai à craindre pour la première fois que mes voisins ne fussent d'un naturel féroce. Il y en a de tels qu'il vaudrait mieux rencontrer dans son chemin un tigre ou un serpent, puisqu'ils sont assez barbares, non-seulement pour arracher la vie à leurs semblables, mais pour leur faire éprouver les tortures les plus épouvantables. Je savais aussi qu'on trouve des peuplades nègres remplies d'humanité, et dont plusieurs navigateurs avaient reçu de grands secours dans leurs naufrages. D'un autre côté, je ne pouvais assez

m'étonner de n'avoir point aperçu
plus tôt ces habitans de l'autre rive, de
n'en avoir point été découvert, moi
qui n'en étais séparé que par un lac,
dont les eaux poissonneuses et tranquilles invitaient à la navigation. Ma
tente des palmiers, ma chapelle de
Sainte-Clémence, placées sur des
hauteurs, le feu que j'allumais pour
cuire mes alimens, auraient dû paraître de l'autre bord et exciter la
curiosité de ceux qui les remar-
quaient. Je ne pus me rendre raison
de ces objections qu'en me persua-
dant qu'il y avait à une grande distance du lac une contrée plus fertile
et plus agréable que ses bords, où les
habitans s'étaient sans doute établis
de préférence ; que peut-être même
des chemins impraticables les en sé-
paraient, comme je m'étais rebuté
de ceux que m'opposèrent la mon-

tagne où le lac paraissait prendre
sa source; et qu'enfin le hasard seul
ou un accident avait conduit vers
moi cet homme, dont je considérais
les restes.

Je passai le reste du jour à rêver
à cette aventure, et à regarder sur
le lac si je n'y verrais rien paraître
de nouveau, jusqu'à ce que la nuit,
la faim et la lassitude m'obligèrent à
me retirer; mais ce fut en vain que
j'essayai de goûter un peu de sommeil:
tous mes esprits étaient trop agités,
et l'on ne saurait disconvenir que
c'était à bien juste titre. Un pareil
événement pouvait avoir pour moi
de trop grandes conséquences pour
me devenir indifférent. Je ne doutais
plus désormais que les bords oppo-
sés du lac ne fussent habités; il s'a-
gissait de connaître les mœurs de
mes voisins, et de communiquer avec

eux si je pouvais le faire sans danger ; ce qui était au reste fort difficile, de quelque côté que je considé-
rasse cette entreprise. La première
difficulté était de traverser le lac, car
je ne me trouvais pas assez bon na-
geur pour me risquer dans une si
large étendue d'eau, et je n'avais
aucun moyen de me construire une
chaloupe. Je me déterminai pour
un radeau, quoique je ne susse trop
encore comment je m'y prendrais,
et que je redoutasse de me jeter dans
un nouveau péril. Néanmoins avant
toute chose, je m'occupai de rendre
les derniers devoirs au corps du nègre que les flots du lac m'avaient
apporté ; je l'ensevelis sur le tertre
même où il reposait encore, entre des
joncs et des roseaux.

— Qui que tu sois, lui dis-je, que
tu aies vécu bon ou méchant, puis-

se le Ciel avoir pitié de ton âme !
Puissent tes compatriotes me recevoir
vivant comme je te reçois, tout mort
que tu es, et me recueillir avec les
sentimens de bienveillance que ton
seul aspect m'avait inspirés.

Ce devoir accompli, je commençai à construire mon radeau. Je le
composai de plusieurs gros faisceaux
de roseaux et de branches d'arbres
liés étroitement ensemble avec des
cordes d'une espèce de liane, à-la-
fois très-fortes et très-flexibles. Je
lui donnai trois pas de largeur en
tous sens, et autant de solidité qu'il
me fut possible. On s'étonnera peut-
être qu'une invention si simple ne
me fût pas venue plus tôt; mais souvent les idées les plus naturelles sont
comme offusquées par mille autres
qui se croisent dans l'esprit d'un malheureux, et l'empêchent de voir les

choses sous leur véritable aspect.
D'ailleurs l'incertitude où j'avais été
jusqu'alors n'était pas propre à m'ar-
mer du courage nécessaire pour entreprendre un voyage si périlleux ;
il ne me fallait rien moins que la
preuve évidente que je venais d'avoir,
que je n'étais pas seul dans cette île.
J'embarquai sur mon radeau les provisions que je jugeai devoir m'être
nécessaires en cas que je ne trouvasse
rien à manger sur l'autre rive ; mes
instrumens de pêche et une belle pièce
de drap écarlate, dont je comptais
faire présent au roi du pays, pour
me le rendre favorable. Je ne voulais point emmener Azor, parce
qu'ayant dessein de ne m'avancer
qu'avec précaution, il était à craindre qu'il ne me découvrît ; mais ce
fut en vain que j'essayai de men séparer : le pauvre animal s'étant jeté

à la nage pour me suivre, je n'eus
pas le courage de le repousser, et
je m'abandonnai à tous les risques
qu'il pouvait me faire courir. La
veille de mon départ, prosterné devant l'autel que j'avais élevé au Sei-
gneur, je lui demandai de bénir la
tentative que j'allais faire pour ma
délivrance. En exigeant que les hommes se résignent à ses décrets, Dieu ne
s'offense pas de leurs efforts pour sortir d'un état de détresse; il approuve
même qu'ils emploient à cet usage la
raison et l'intelligence dont il les a
doués. J'espérai donc qu'il m'accor-
derait son secours dans une entreprise
si hasardeuse, qu'il détournerait mes
pas des embûches secrètes, et ne me
ferait rencontrer dans mes semblables
que des amis et des libérateurs.

CHAPITRE XVI.

Des découvertes que George fit de l'autre côté du lac.

La prudence m'étant aussi nécessaire que le courage, je choisis une nuit pour m'embarquer, et j'attendis que la lune répandît assez de lumière, car il fallait néanmoins que je visse où je devais me diriger. Une brise légère qui s'élevait de mon rivage, et ridait toute l'étendue du lac en agitant harmonieusement les superbes roseaux qui le bordent, me donna le signal de mon départ. Je m'étais armé d'une rame, mais à peine eus-je avancé de quelques toises,

que le vent augmentant de force me
poussa de lui-même du côté que je
souhaitais, de façon que je n'eus qu'à
me laisser conduire. Je n'étais pas cependant sans inquiétude au milieu
d'un lac immense sur une fragile em-
barcation. et je ne pouvais m'empêcher de frémir en songant à quoi tenait ma vie en ce moment. Toutefois la
beauté paisible et majestueuse de ce
lac éclairé par la lune, les paysages
étalés sur ses bords, ma tente de palmiers, l'autel de Sainte-Clémence,
que je distinguais encore parfaitement, et qui me firent ressouvenir
des bontés infinies que la Providence
avait versées sur moi depuis trois ans,
ranimèrent ma confiance et mon courage. Je me répétai une vérité que je
m'étais déjà dite dans une circonstance plus périlleuse, c'est qu'en
quelque lieu que l'homme se trouve,

il est partout sous la main de Dieu,
et qu'il n'y a point pour lui de véritable danger tant que son cœur et
ses projets sont innocens. Je sentais
en outre qu'on ne se tire de certaines
situations extraordinaires, telle qu'é-
tait la mienne, qu'avec de la résolution et du courage. Je poursuivis
donc ma route, si bien secondé par
le vent que j'abordai sans peine au
fond d'un golfe, à l'entrée d'une
épaisse forêt. Une navigation si heureuse me parut d'un bon augure;
mon espérance s'en affermit d'autant
plus, et je sautai à terre le cœur plein
de consolation et de joie.

Le lecteur a dû remarquer que je
passais facilement de l'excès d'une
impression à une autre, soit que ce
caractère me fût propre, soit qu'il
tînt à ma grande jeunesse; mais le
plaisir que j'éprouvais de me trouver

sur une terre où tendaient depuis si
long-temps tous mes vœux, me tourna
tellement la tête, que je regardai
comme une pusillanimité d'être parti
pendant les ténèbres, et méprisai
fort étourdiment et ma prudence et
les périls que j'avais craints. S'il eût
été jour, j'aurais sans doute marché
ouvertement au-devant des aventures. La réflexion, au reste, eut
bientôt calmé ce mouvement impé-
tueux, et pendant le temps qui s'écoula
jusqu'à la naissance du jour, que je
fus obligé d'attendre n'osant m'engager dans la noire profondeur de
cette forêt, j'eus tout le loisir de penser plus mûrement à ce que j'avais à
faire. Sur ce rivage comme sur l'autre,
quand le matin parut, je n'entendis
que le gazouillement des oiseaux et
les bruits auxquels j'étais accoutu-
mé, mais rien qui m'annonçât des

babitations et des hommes. J'amarrai fortement mon radeau à une racine d'arbre, je me chargeai de quelques provisions, et ayant attaché mon chien en laisse afin de me rendre maître de ses mouvemens, je me mis en marche à travers la forêt. Elle me parut considérable, surtout du côté du couchant, où les arbres croissaient si près les uns des autres qu'il était difficile d'y pénétrer. A l'orient elle s'ouvrait par intervalles et formait de vastes clairières à travers lesquelles on apercevait une campagne plus découverte, d'un aspect uniforme et sauvage, et parsemée de rochers. Je parvins dans un endroit où il y en avait un si grand nombre et qui affectaient des formes si extraordinaires, que je jugeai d'après leur position que c'étaient ces rochers que j'avais dû prendre de loin

pour une ville. Je m'assis à leurs
pieds pour goûter quelques momens
de repos, et déjeûner avec Azor, qui
s'ennuyait beaucoup de ne pouvoir
courir librement autour de moi. Les
bananiers étaient rares dans cette partie de l'île, j'en vis à peine une dou-
zaine aux environs du lac, et le seul
fruit que j'y remarquai au-delà fut
une espèce de mûre, plus grosse
mais assez semblable à celles qui
croissent en France sur les haies. Je
ne fus pas plus tôt assis, que sans m'en
apercevoir, cédant à la fatigue, je
m'endormis d'un profond sommeil.
Il était plus de midi lorsque je me
réveillai, fort inquiet de mon imprudence et de m'apercevoir qu'Azor
avait profité de mon sommeil pour
recouvrer sa liberté. Le calme et le
silence continuaient de régner dans
ce pays, ce qui me fit craindre que je

n'eusse beaucoup de chemin à faire
pour arriver à quelque établissement.
J'essayai de monter sur les rochers
pour découvrir les environs; leur
forme, et les ronces armées de longues épines qui les couvraient, me
forcèrent d'y renoncer. Malgré les
apparences de sécurité qui m'envi-
ronnaient, n'osant appeler mon chien,
que j'attendais depuis une heure,
je ne doutai point de sa perte, et je
me décidai, non sans de vifs regrets,
à poursuivre sans lui mon voyage.
J'aperçus bientôt une montagne,
qui me parut éloignée tout au plus
d'une demi-lieue, et du sommet de
laquelle il me sembla qu'on devait
dominer sur tout ce pays. Ce fut là
que je me dirigeai, en suivant les
bords d'une petite rivière qui coulait tumultueusement à travers des
prairies, et paraissait descendre de

la montagne. Cette route n'était pas
sans agrément, et je rencontrai des
sites que j'aurais remarqués partout
ailleurs, mais qui ne pouvaient entrer en comparaison avec les bords
enchanteurs que j'habitais de l'autre
côté du lac. Je ne pus cependant
m'empêcher d'admirer la chute
pittoresque que faisait la rivière sur
le penchant de la montagne, ou plutôt c'était une suite de cascades qui
descendaient par degrés des rochers
dans la plaine, tantôt sous la forme
d'une nappe d'eau au travers de laquelle on apercevait la couleur rouge
du rocher et les plantes vertes qui le
tapissaient; tantôt divisées, irritées
par des obstacles, elles s'échappaient
en mille petits ruisseaux qui fuyaient
ensemble dans la prairie, où leur
réunion donnait naissance à la rivière. Des arbres, des arbrisseaux,

des lianes en fleurs, des mousses hu-
mides décoraient avec luxe ce superbe
tableau. Je m'oubliai quelque temps,
plongé dans une véritable extase, sans
me souvenir qu'il eût été bien facile
de me surprendre dans un lieu où
le bruit des eaux m'empêchait d'entendre tout autre bruit.

J'abandonnai enfin cette cascade
pour gravir la montagne, en cherchant un chemin praticable, car tout
était plein de racines et d'excavations
creusées par des pluies d'orages, et
tellement couvert de ronces et d'her-
bages que je ne savais dans quelle direction m'engager. Ceux qui n'ont
jamais voyagé que dans des pays cul-
tivés et percés de routes publiques,
ne sauraient se faire une idée des
obstacles qu'on rencontre à chaque
pas dans ceux où la nature règne
seule. Il suffit cependant de se rappe-

ler ce que deviennent parmi nous les
terrains en friche, et combien il leur
faut peu de temps pour nous fermer
tous les passages, pour concevoir la
peine que j'éprouvais à me frayer des
chemins si sauvages. Je ne pus parvenir ce jour-là qu'aux deux tiers de
la montagne, quoiqu'elle fût d'une
hauteur assez médiocre. Néanmoins,
comme elle dominait l'île, je jugeai
assez bien de l'étendue et de la forme
de celle-ci. Le lac me parut à-peu-
près au centre; une chaîne de montagnes, dont celle où je me trouvais
faisait partie, bordait la côte au couchant dans toute son étendue; le
reste était une plaine parsemée de
petites collines, et tout ce qui avoi-
sinait la mer annonçait la même stérilité que je trouvai sur le rivage où
je pris terre en sortant du vaisseau.
Aussi loin que mes regards pouvaient

s'étendre, je ne découvris aucuns
vestiges d'habitations ; et si ces lieux
servaient de retraite aux hommes, il
fallait que ceux-ci menassent une vie
absolument sauvage.

Ces réflexions me plongèrent dans
la tristesse en m'ôtant l'espérance
que j'avais conçue de ce voyage, et je
me demandai avec amertume si je
n'eusse pas mieux fait de demeurer
tranquillement au bord de mon lac,
où une heureuse illusion m'était au
moins permise, que de venir m'assurer de ma misère, et perdre, hélas!
le seul ami qui me restait : je pensais
à mon pauvre Azor. Je songeai à trouver un gîte pour y passer commodément la nuit ; la manière dont je vi-
vais depuis mon naufrage m'avait
assez endurci à la fatigue, pour me
rendre peu délicat à cet égard : je

m'arrangeai donc passablement dans
le creux d'un rocher, qui me proté-
geait contre la fraîcheur de la nuit,
et je m'endormis après avoir gémi et
soupiré pendant plusieurs heures.

CHAPITRE XVII.

Comment George rencontra des compagnons d'infortune.

De quelle manière peindrai-je ma surprise, lorsqu'en ouvrant les yeux je vis à la fois mon fidèle Azor et un jeune homme d'environ douze ans, blanc comme moi, qui me tendit les mains d'un air suppliant, et me parla dans une langue qui m'était inconnue? Je me frottai les yeux, regardant cette apparition comme un songe; mais enfin assuré que je ne rêvais pas, et pensant voir devant moi un libérateur, je me jetai à son cou de la manière la plus affectueuse.

— Dieu soit loué! m'écriai-je, mes

malheurs vont finir puisque j'ai rencontré un frère.

Le jeune homme me considérait
avec étonnement; nous ne nous comprenions ni l'un ni l'autre. Il me prit
par la main, et me montrant le rivage,
il parut m'inviter à le suivre de ce
côté. Nous descendîmes la montagne
par un chemin plus rapide, mais en
même temps plus commode que celui que j'avais choisi, et bientôt j'a-
perçus sur la grève deux hommes qui
marchaient courbés, comme s'ils
eussent cherché attentivement quelque chose, et plus loin une femme
assise sur le sable, tenant entre ses
bras un enfant endormi. Plus rapproché de ces étrangers, je devinai
que j'avais devant les yeux une famille, car de ces deux hommes qui
ramassaient des coquillages, l'un était
d'un âge mûr; et l'autre, un peu plus

âgé que celui qui m'accompagnait,
paraissait être son fils. Ils témoignèrent tous à mon aspect un étonnement qui n'était pas moindre que le
mien. Mon compagnon leur ayant
sans doute raconté notre entrevue, le
père s'avança vers moi et me dit les
larmes aux yeux :

— Jeune homme, je vous conjure
de prendre compassion d'une malheureuse famille, que des méchans
ont abandonnée sur ce rivage, et qui
se trouve en proie, depuis trois jours,
aux plus pressans besoins. Conduisez-
nous au vaisseau qui vous a sans
doute amené sur ces bords, obtenez
qu'on nous y reçoive : nous suivrons
nos libérateurs partout où ils vou-
dront guider nos pas, et nous tâche-
rons de les récompenser dignement
d'un si grand service.

Ces paroles prononcées en français

avec un accent étranger, m'intéres-
sèrent et m'affligèrent tout ensemble. Je répondis à ce malheureux
père, que bien loin de pouvoir le secourir, je n'étais moi-même qu'un
misérable naufragé, et que j'allais recourir à lui lorsqu'il m'avait prévenu.
L'iconnu parut consterné de cette
nouvelle. Il jeta un sombre regard
sur sa femme et sur ses enfans, et se
cacha le visage entre les mains. Cependant là dame, qui n'entendait
point le français, s'approcha de nous
avec inquiétude, et demanda à son
mari ce qu'elle avait à craindre ou à
espérer. Il tâcha alors de surmonter
sa douleur, et prenant tendrement
une des mains de son épouse entre
les siennes, il lui rapporta ma réponse, en y mêlant toutes les consolations qu'il put imaginer, ce que je
compris à ses gestes. Les deux enfans

l'écoutaient aussi attentivement; mais
quelques précautions qu'il y apportât,
la malheureuse dame ne put s'empêcher de fondre en pleurs. Elle leva
les yeux au Ciel en serrant son petit
enfant contre son sein d'une manière
si énergique et si touchante que mon
cœur en fut vivement ému. Des paroles entrecoupées s'échappaient de
ses lèvres ; je ne pouvais les entendre
à cause du langage étranger dont elle
se servait, mais je ne doutais point
qu'elles ne fussent dictées par tout ce
que l'amour maternel a de plus tendre. Son mari et ses deux autres enfans la prirent entre leurs bras. Ils
semblaient la consoler et lui pro-
mettre de lui chercher du secours au
péril de leur vie ; ce tableau intéressant m'arracha des larmes. Je m'approchai de cette infortunée mère, et
lui dis avec une extrême émotion,

sans penser qu'elle ne me comprenait
point :

— Malgré la triste conformité de
notre sort, l'expérience et l'habitude
du malheur me permettent du moins
de vous offrir des adoucissemens qui
vous manquent. Prenez le courage,
madame, d'abandonner cette plage
stérile, et suivez-moi dans le lieu que
j'habite. Vous y trouverez au moins un
abri, une nourriture agréable, et autant de commodité qu'il soit possible
de rencontrer dans un genre de vie
si sauvage.

Un rayon de joie brilla à ces paroles
sur le visage du chef de cette famille,
qui était un Suédois. Il se hâta de les
répéter à sa femme et à ses enfans,
dont les regards s'attachèrent sur les
miens, pour s'assurer que je ne les
berçais point d'une fausse espérance;
j'allai aussitôt quérir quelques bana-

nes et un reste d'igname cuit que j'avais encore dans mon sac de provision, au pied du rocher où j'avais passé la nuit. Ces infortunés, qui ne vivaient depuis trois jours que de mauvais coquillages, pensèrent tomber à mes genoux à la vue de ces faibles présens. L'enfant se jeta avidement sur les bananes, qu'il connaissait très-bien, et sa mère regardant ce secours comme le seul qui pût conserver la vie à cette jeune créature, m'exprimait sa reconnaissance avec tous les témoignages de la plus vive sensibilité.

Dès que nous eûmes pris ensemble notre repas du matin, j'invitai la famille suédoise à me suivre, jugeant bien que la dame qui était affaiblie par la misère et le chagrin serait obligée de se reposer souvent, et que nous arriverions difficilement le soir même au bord du lac, où j'avais laissé des provisions. Je me trompais néanmoins : son courage était au-dessus de son sexe, et son empressement de se trouver dans un lieu plus commode l'empêchait de s'arrêter à sa fatigue. Nous nous chargeâmes tour-à-tour de l'enfant, qui était une petite fille de quatre ans, belle comme un ange, et que toute la famille adorait. Pendant le chemin, le père m'apprit qu'il se nommait Hastendorf, qu'il était né dans une province de la Suède, et se rendait aux Indes avec sa famille, lorsque des évènemens, dont il me ferait le récit, l'avaient conduit dans un royaume de l'Afrique, et de là sur cette plage déserte, où des méchans l'avaient abandonné.

—Mes aventures sont aussi extraordinaires que malheureuses, continua

Hastendorf, mais les vôtres ne doivent pas l'être moins, puisque vous vous trouvez, si jeune, dans une pareille situation.

— Il est vrai, lui répondis-je, que peu d'hommes à mon âge ont éprouvé des revers si funestes. Ma vie n'a été conservée que par un miracle, ou pour mieux dire par une suite de miracles qui se renouvellent encore tous les jours; néanmoins, je ne sais encore si je dois regarder ces secours du Ciel comme des bienfaits ou comme des punitions, et me féliciter d'une existence si misérable. Un événement qui m'avait rempli d'espérance, m'a seul engagé à traverser un lac qui me sépare de cette contrée. Je ne me doutais guère en partant que le malheureux George, dans la situation où il se trouve, pût encore faire du bien à quelqu'un; cette circonstance m'empêche au moins d'avoir aucun regret à mon entreprise.

Je lui parlai du corps de ce nègre que les eaux du lac m'avaient apporté. Il me donna à ce sujet une explication satisfaisante, dont je ferai part au lecteur dans un autre moment; cet évènement, naturellement lié aux aventures du Suédois, intéressera davantage quand on connaîtra mieux mes compagnons d'infortune. Hastendorf m'assura que cette île n'était pas éloignée du continent de l'Afrique, et que si elle n'était point fréquentée des navigateurs, sa stérilité seule devait en être la cause. Je lui répondis que cette stérilité n'était qu'apparente, et qu'il en jugerait bientôt lui-même. Tout en causant ainsi nous approchions du lac, et déjà ses rivages, quoique fort inférieurs à ceux que j'habitais, s'annon-

çaient par une végétation plus vigou-
reuse. La famille suédoise ne put
s'empêcher d'admirer la beauté de
la forêt que nous traversâmes, et la
vaste étendue du lac, que nous découvrîmes au bout d'une espèce d'a-
venue, leur arracha un cri de surprise. Les deux jeunes gens étaient si
impatiens d'arriver à notre destination, qu'ils auraient volontiers ha-
sardé le passage, quoiqu'il fût déjà
tard, si j'avais voulu en courir le risque. Toutefois ce n'était point l'opinion d'Hastendorf. Il représenta à ses
enfans que le radeau étant trop petit
pour nous transporter tous à-la-fois,
cette séparation, à l'entrée de la nuit,
entraînerait après elle trop d'inquiétudes, et qu'il était plus sensé d'attendre au lendemain. Marguerite,
ainsi se nommait l'épouse d'Hastendorf, appuya fortement cet avis, et

il fut résolu que nous passerions la
nuit dant la forêt. Nous cherchâmes
aussitôt un endroit commode, à l'a-
bri du vent qui régnait souvent sur
le lac; Eric, l'aîné des fils du Suédois,
profita du peu de jour qui nous restait pour jeter mes filets dans le lac,
pendant que j'allais cueillir deux
ou trois régimes de bananes que
j'avais aperçus la veille. Le frère
d'Eric, appelé Gustave, m'accompagna ; c'était le même qui m'avait rencontré endormi sous le rocher. J'appris de son père que ce jeune Gustave étant allé de grand matin à la
cascade chercher de l'eau pour leur
besoin, y trouva mon fidèle Azor retenu par la corde que je lui avais mise
au collier entre des buissons épineux
dont il ne pouvait se débarrasser. Le
pauvre animal suivait sans doute mes
traces. Le jeune Suédois, fort étonné,

mais en même temps plein d'espoir,
car il ne doutait pas que ce chien
n'eût un maître qui pourrait peut-
être les secourir, coupa la corde
d'Azor et le prit pour son guide ; ce
fut ainsi qu'il arriva jusque dans ma
retraite. Sans cette circonstance il eût
été possible que je fusse revenu chez
moi sans me douter que j'avais dans
cette île des compagnons d'infortune:
ignorance qui nous aurait été également funeste, puisqu'ils demeuraient
privés de mes faibles ressources, et
que de mon côté je perdais une si
douce consolation. Malgré la difficulté de nous entendre, car de toutes
ces personnes il n'y avait que le père
qui parlât français, notre commun
malheur nous eut bientôt rendus
chers les uns aux autres. Dans la société, mille intérêts divers qui se
croisent font un devoir de la circons-

pection. Les personnes les plus sin-
cères sont forcées de se conduire envers les étrangers avec une certaine
retenue qu'on appelle de la prudence.
Pour nous, jetés dans un désert, à
l'extrémité du monde, rien ne con-
traignait notre inclination. Gustave,
d'un naturel aimant et sensible, prit
pour moi dès l'abord une affection
fraternelle ; il me faisait mille caresses, au défaut de paroles, et voulait être de moitié dans toutes mes
occupations. La petite Christine me
tendait aussi ses petits bras, et semblait se souvenir des bananes que je
lui avais données dans le moment où
elle en éprouvait un si pressant besoin. Hastendorf avait allumé du feu
pendant que nous cueillions du des-
sert ; nous nous hâtâmes d'y faire
griller le poisson qu'Eric venait de
pêcher, et de cuire sous la cendre

des ignames qui se trouvaient sur le
radeau. Comme nous nous prépa-
rions à souper, Azor arriva tenant
dans sa gueule une jeune pintade, et
la posa sur mes genoux ; c'était sa
chasse qu'il nous offrait. Tout le
monde fut si charmé de sa générosité qu'on lui en fit mille caresses :
chacun convint unanimement de ne
point le priver de son souper. Nous
allions nous mettre à table, si je puis
m'exprimer ainsi, c'est-à-dire nous
asseoir en rond autour de notre poisson grillé à la lueur de notre feu,
quand Marguerite se leva d'un air
recueilli, et, après une minute de silence, pendant laquelle la famille
suédoise et moi-même nous prîmes
une contenance semblable à la sienne,
elle prononça à haute voix une courte
prière. Le son pénétrant de sa voix,
l'expression de son visage, d'une

beauté remarquable, et qui respirait
en ce moment la plus ardente piété,
l'air religieux de son époux et de ses
enfans, cette forêt qui nous servait de
temple, cette flamme incertaine qui
nous éclairait, tout, jusqu'à ce langage étranger qui me faisait mieux
comprendre les vicissitudes humaines en voyant réunies dans un désert
de l'Afrique des personnes qui semblaient destinées à ne se connaître
jamais; ces diverses circonstances, dis-
je, me firent une impression profonde,
et gravèrent cette scène dans ma mémoire avec des traits ineffaçables.

CHAPITRE XVIII.

George partage son etablissement avec ses hôtes.

Malgré les raisons que nous avions tous de penser qu'il n'y avait dans cette île aucun animal dangereux, nous jugeâmes à propos d'entretenir notre feu toute la nuit, en veillant chacun à notre tour. Nous composâmes un assez bon lit à Marguerite et à son petit enfant, avec la pièce écarlate que j'avais apportée pour un autre dessein; Eric et Gustave s'étendirent sur l'herbe à côté d'eux; Hastendorf et moi nous nous entretînmes pendant plus d'une heure. Il me pria de lui raconter les circonstances de mon naufrage, qu'il écouta avec un grand intérêt. Je ne lui cachai point les raisons qui m'avaient fait abandonner ma famille à l'âge de quinze ans, et m'attachai avec complaisance à tout ce qui pouvait lui faire mieux apprécier le caractère vertueux de ma mère. Je le faisais avec d'autant plus de naïveté et de confiance qu'Hastendorf me paraissait lui-même un fort honnête homme. Je reconnus depuis qu'il joignait à cette qualité, de l'esprit, du courage et une instruction solide. Il ne manqua pas d'accorder à ma mère, sur mon récit, toute l'estime que je pouvais désirer; il déplora l'erreur qui m'avait privé si jeune encore de ses lumières et de sa tendresse, et me fit espérer que nos efforts réunis parviendraient peut-être un jour à nous délivrer de notre commun exil. Le voyant accablé de sommeil, je l'invitai à prendre du repos et à compter sur ma surveillance. Pour moi, je n'avais nul besoin de dormir. L'évènement extraordinaire qui peuplait tout d'un coup ma solitude, tenait mon imagination en haleine et me comblait de joie. Je ne pouvais assez bénir la Providence d'un si grand adoucissement à mes maux, et de ce qu'elle m'avait donné pour société une famille intéressante et respectable, lorsque je ne devais m'attendre qu'à la rencontre d'hommes grossiers et ignorans. Hastendorf s'éveilla bientôt, et voulut veiller à son tour. Je pris ma place sur l'herbe pour lui obéir, et je m'endormis profondément. Ses deux fils sommeillaient encore lorsque j'ouvris les yeux ; mais Hastendorf et Marguerite se prome-

naient déjà sur les bords du lac, cherchant à distinguer, à l'aide d'une lu-
nette, sur la rive opposée, les frêles
édifices que j'y avais construits. Marguerite se détournait souvent pour
regarder Christine, qu'elle avait laissée endormie près de ses frères. Elle
avertit son mari que j'étais éveillé ;
nous nous avançâmes mutuellement
au-devant les uns des autres avec une
franchise et une cordialité parfaites.
Hastendorf me tendit la main ; son
épouse me salua d'un air encore plus
affectueux que la veille.

— Je viens de répéter à Marguerite, me dit Hastendorf, le récit intéressant que vous m'avez fait hier au
soir ; vous pouvez juger à la rougeur
de ses yeux l'attendrissement qu'il
lui a causé. Elle se représente aisément la douleur que doit éprouver
votre mère dans la cruelle incertitude

où elle est de votre sort; mais en
même temps elle la trouve heureuse
d'avoir un fils aussi tendre que vous
l'êtes.

Je répondis que je ne méritais guère
un pareil éloge, puisque je l'avais sa-
crifiée à mon ambition, et qu'il m'a-
vait fallu des châtimens terribles pour
me ramener à des sentimens confor-
mes aux siens. Nous continuâmes de
nous promener et d'examiner de loin
ma petite colonie, jusqu'à ce que le
reste de la famille s'éveillât. Nous dé-
jeunâmes à-peu-près comme nous
avions soupé, et sans perdre de temps
nous nous occupâmes de notre passage.

Malgré que je l'eusse fait une fois
très-heureusement, secondé par un
vent favorable, nous ne pouvions
nous dissimuler le danger de cette
navigation, dirigée par un pilote sans

expérience, qui n'avait pour gouver-
nail qu'une rame, et pour navire que
quelques roseaux. Un coup de vent
contraire, un courant rapide, pouvait nous entraîner à notre perte,
sans compter que la solidité du radeau ne nous inspirait pas une grande
confiance. Toute périlleuse qu'était
cette traversée, il fallait pourtant
l'entreprendre, ou renoncer aux avantages de ma demeure. Nous suppo-
sions même qu'il serait nécessaire de
ne passer que les uns après les autres, parce que le radeau était petit;
mais après plusieurs essais, nous
crûmes en nous pressant un peu pouvoir nous hasarder tous à-la-fois;
nous trouvâmes aussi quelque douceur à courir ensemble les mêmes
périls. Notre voyage s'acheva sans
accident, et nous déscendîmes à terre
en pleurant de joie de nous trouver

enfin en sûreté. Marguerite, qui
n'avait pas prononcé un mot pendant
la traversée, ni laissé échapper la
moindre marque de faiblesse, mais
dont tous les traits peignaient l'anxiété et la souffrance de son âme,
embrassa tendrement ses chers enfans, qui la couvrirent aussi de leurs
caresses. Nous étions abordés au pied
du promontoire où reposait le corps
du nègre. Je montrai sa tombe à
Hastendorf, et me rappelant ce qu'il
m'avait raconté de cet homme :

— Le méchant auquel j'ai donné
la sépulture à la sueur de mon front,
lui dis-je, ne méritait pas cet honneur; si je l'eusse mieux connu, j'aurais abandonné son corps aux ca-
prices des flots.

— Il ne faut jamais se repentir
d'avoir fait une bonne action, me
répliqua le Suédois, ni s'autoriser de

l'exemple des méchans pour se conduire comme eux. Il convient au
contraire de faire du bien à tous les
hommes, soit en soulageant leurs
besoins tandis qu'ils vivent, soit en
honorant leurs tristes restes après
qu'ils ne sont plus.

La crainte du péril avait empêché
jusque-là mes hôtes de faire attention aux richesses de la nature dans
cette partie de l'île ; mais lorsqu'ils
eurent recouvré la liberté de leur
esprit, ils convinrent que ce qu'ils
voyaient était fort au-dessus de ce
que je leur avais annoncé. Éric et Gustave couraient de tous côtés avec l'impatience de leur âge, en faisant à
chaque pas des cris d'admiration.
Leurs parens, plus recueillis, n'é-
taient pas moins ravis qu'eux-mêmes.

Nous allâmes d'abord au tronc
d'arbre qui me servait de maison

lorsque le temps était pluvieux, ou
qu'il me prenait fantaisie de me retirer dans une plus profonde retraite.
Je m'attendais que la vue de cet arbre
monstrueux remplirait mes hôtes
d'étonnement, mais à ma grande
surprise ils n'en témoignèrent aucun,
et se contentèrent de me féliciter de
la manière ingénieuse dont j'en avais
su tirer parti. Hastendorf m'apprit
qu'ils en avaient vu de beaucoup plus
gros en Afrique, où cet arbre se
nomme bahobab, et sert de sépulture
à certains bateleurs nègres, qui pas-
sent pour sorciers. Ma basse-cour leur
parut bien plus digne d'attention;
la petite Christine, surtout, témoignait à l'aspect de mes pintades une
joie qui enchantait le cœur de sa
mère. Cela ne m'empêcha point d'en
sacrifier une pour notre dîner, car
je voulais servir mes nouveaux amis

avec toute la délicatesse que ma position me permettait. Marguerite,
qui avait mal dormi dans la forêt, se
jeta sur mon lit, dont le dur matelas
l'était cependant encore moins que
la terre. Je profitai de son repos
pour préparer le dîner avec ses fils,
nous faisant une joie de la surprendre. Elle ne manqua pas, en effet,
d'être fort étonnée de trouver sur
l'herbe, dans un endroit riant et om-
bragé, un festin très-propre, composé
d'une pintade rôtie, de poissons, de
fruits, de pastèques ou melons d'eau,
pleins d'une liqueur fraîche et déli-
cieuse, et de racines d'ignames pour
remplacer le pain ; j'y ajoutai même
des œufs frais qu'elle regarda comme
une précieuse nourriture pour sa petite fille.

Après le repas nous montâmes tous
ensemble sur la colline où était ma

tente des palmiers. Elle n'avait plus
cette fraîcheur et cette élégance qui
me ravissaient autrefois : la pluie et
le soleil avaient effacé les avantages
de Didon; mais ses palmiers s'éle-
vaient toujours avec la même grâce,
les plantations d'arbustes et de fleurs
dont je l'avais ornée étaient alors
dans toute leur vigueur, et la vue
admirable qu'on découvrait de cet
endroit suffisait pour lui mériter le
nom d'Eden que Marguerite lui
donna. Nous continuâmes de suivre
la hauteur des collines jusqu'à mon
autel de gazon. L'épouse d'Hastendorf, qui se souvenait encore de cette
circonstance de mon histoire, me
prit la main, et prononça d'un air
attendri les mots français de Sainte-
Clémence.

— Ah ! madame ! m'écriai-je en
baisant respectueusement cette main

dont elle tenait la mienne, il est bien juste que les premiers mots de notre langue que vous prononciez, soient répétés en l'honneur d'une bonne mère par une autre mère aussi tendre qu'elle.

Nous nous prosternâmes devant cet autel rustique, où chacun de nous fit à voix basse sa prière; et pour moi je rendis à Dieu de nouvelles actions de grâces de ce qu'il m'accordait de pareils amis dans ma solitude. Nous nous assîmes ensuite pour voir le soleil se coucher derrière la forêt où nous avions passé la nuit précédente. Le lac formait à nos pieds un golfe dans lequel se peignait un amphithéâtre de collines avec leurs pelouses fleuries et leurs bocages verts. L'œil descendait par degrés jusque dans le vallon du bahobab, en rencontrant partout des beautés

nouvelles. Là , c'étaient de grands
arbres dont les tiges , élancées et
droites comme des colonnes, lais-
saient la lumière se jouer entre elles
et colorer les fleurs qui croissaient
sous leur ombrage. Ici le feuillage
tapissait toute la hauteur des arbres,
et formait des massifs de verdure im-
pénétrables au jour.

— Je conçois, me dit Hastendorf,
que vous ayez été séduit par des as-
pects d'une si grande beauté; mais
ils sont peut-être la cause de la pro-
longation de votre exil, par la distance où ils se trouvent de la mer,
et la stérilité qui les environne de
toutes parts. Qui sait s'il n'est point
passé plusieurs vaisseaux depuis que
vous êtes dans cette solitude?

Je lui fis observer que j'avais établi
des signaux sur le bord de la côte.

— C'est une ressource, me répli-

qua-t-il, sur laquelle vous ne devez
guère compter, premièrement parce
que les hommes n'ont pas toujours,
pour se rendre service, le zèle que la
charité leur prescrit, et ensuite parce
que les navigateurs considèrent comme une imprudence de s'engager dans
les terres à une distance si considérable.

—N'oubliez point, continuai-je, que
j'étais persuadé de l'existence d'une
ville, de l'autre côté du lac, et que
cette erreur m'a seule conduit ici.

— Dites plutôt, me répondit-il en
souriant, que vous vous efforciez de
le croire, parce que cette illusion
flattait votre penchant. La prudence
n'est guère la vertu de la jeunesse :
elle court naturellement à ce qui lui
plaît au préjudice de ce qui est utile.

— Que serais-je devenu, m'écriai-je, si une espérance quelconque ne m'avait soutenu?

— L'espérance, tout incertaine qu'elle est, poursuivit le Suédois, doit pourtant, comme tout le reste, s'appuyer sur des motifs raisonnables, et vous aviez de grands sujets de douter de l'existence de cette ville fantastique bâtie par votre imagination. Maintenant que nous savons positivement à quoi nous en tenir sur le lieu que nous habitons, nous ne négligerons aucune mesure propre à nous en faire sortir, car malgré les agrémens de cette solitude, il y aurait de la lâcheté à la préférer à la vie civilisée, puisque c'est pour celle-ci que nous sommes nés, et que nos devoirs nous y appellent.

La vivacité avec laquelle il prononça ces dernières paroles ranima

mon propre courage. Je ne doutai
point qu'un homme pénétré de ces
sentimens ne fût capable de beaucoup de choses.

— Jusqu'ici, lui dis-je, je me suis
conduit comme un enfant, je n'ai
entrepris que de vaines démarches;
mais vos conseils et votre exemple
vont m'apprendre à les mieux diriger.
Malgré que vous n'ayez en ce moment
aucune ressource, je ne sais quel
pressentiment secret m'avertit que
je vous devrai ma délivrance.

Quelques grains de pluie nous obligèrent à retourner au bahobab. Hastendorf, son épouse et la petite Christine s'établirent dans ma chambre à
coucher, je demeurai dans l'autre
avec Éric et Gustave. Un de ces orages
fréquens dans l'île s'éleva pendant
la nuit et dura tout le jour suivant.
Nous bravâmes tranquillement sa

violence dans le creux de notre arbre,
en nous félicitant de ce qu'il nous
avait laissé le temps de traverser le
lac, trop certains que nous eussions
tous été perdus s'il se fût déclaré
au moment de notre passage.

~~~~~~~~~~~~~~~~~~~~~~~~~~~~~~~~

CHAPITRE XIX.

Histoire d'Hastendorf.

— —

Le premier soin du Suédois fut de reconnaître exactement la position des côtes de cette île, et d'observer celles qui paraissaient le mieux convenir au mouillage des vaisseaux, en examinant les vents qui y régnaient le plus constamment. Je l'accompagnais dans ces différentes courses. Un jour assis sur un promontoire, d'où on découvrait la mer, en cherchant des yeux quelque navire, je me récriais sur la témérité des hommes qui exposent si libéralement leur vie, sur ce perfide élément, dans l'unique ambition d'amasser de la fortune.

— Et à peine l'ont-ils cette fortune, me répondit Hastendorf, qu'ils se hâtent de la dissiper ou de l'enfouir, de sorte qu'elle leur échappe des mains, et 'ne les paye jamais de la peine qu'ils ont prise à l'acquérir.

— Il faut pourtant, lui repartis-je, qu'elle soit bien nécessaire à la félicité, puisque tout le monde la poursuit avec ardeur. Qui serait assez fort pour préférer la pauvreté à la richesse?

— Écoutez-moi, continua Hastendorf; le récit de ma vie pourra vous convaincre qu'elles ne valent pas mieux l'une que l'autre.

Je n'avais que vingt-deux ans lorsque mon père mourut et me laissa à la tête d'une fortune considérable, qu'il avait acquise dans le commerce.

Il n'avait point fait consister les
marques de son opulence dans le
luxe de sa maison. Il l'employait à
entretenir des fabriques, à défricher
des terres incultes, à bâtir des maisons de fermiers, dépenses utiles qui
le faisaient bénir du peuple qu'il nour-
rissait. Né de parens qui suivaient
la simplicité de mœurs de leurs ancêtres, il avait continué de vivre
comme eux; mais cela ne l'empêcha
pas de me faire élever avec soins; et
j'étudiais encore à l'université d'Upsal
lorsqu'on m'apprit que la mort menaçait de me l'enlever. Je revins en
toute hâte à Falun, capitale de la
province de Dalécarlie, où mon père
demeurait. Hélas! une attaque d'apo-
plexie termina ses jours presqu'à mon
arrivée, sans que j'eusse la consolation de recevoir ses derniers conseils.
Je pleurai ce bon et vertueux père

aussi sincèrement qu'il le méritait; je chargeai un parent de ne rien épargner pour lui rendre les derniers honneurs, et je me retirai à la campagne, afin de pouvoir m'y abandonner en liberté à la juste vivacité de mes regrets.

La retraite dans laquelle je passai le temps de mon deuil me laissa tout le loisir de réfléchir à la conduite que je devais tenir dans le monde. N'ayant ni le goût ni l'expérience du commerce, je ne savais que faire de ma fortune. Mon naturel incertain et timide s'effarouchait de tous les partis, et je me trouvais fort malheureux d'être riche et indépendant à mon âge.

J'avais trois oncles, frères de mon père, que je ne connaissais point, parce que mon père se brouilla avec eux pour des affaires d'intérêt, ou,

pour parler plus justement, c'étaient
eux qui s'en était séparés, irrités de
quelques avantages qu'il avait reçus
de ses parens. J'espérai que leur haine ne survivrait point à celui qui en
était l'objet, et qu'ils ne refuseraient
pas de m'assister de leurs conseils.
L'un était banquier à Stockholm ;
l'autre demeurait à Lindkopink, où
il était attaché à l'université ; le
troisième habitait une ferme dans la
province de Smaland. Le désir de connaître la capitale de la Suède me dé-
termina à m'adresser d'abord au banquier. Il avait été assez heureux pour
épouser une riche héritière, et la
prospérité de sa fortune présente
me fit penser qu'il oublierait plus
aisément que les autres, l'injustice
dont il se plaignait. Je partis pour
Stockholm monté sur un cheval de
peu de valeur, dans un équipage

tellement modeste que les valets de
mon oncle le banquier se moquèrent
de moi lorsque je m'annonçai pour
être le fils de son frère. Il avait ce
jour-là du monde à dîner ; on ne
voulut jamais me permettre de le
voir, et on me dit d'un ton dédaigneux de revenir le lendemain à huit
heures du matin si je voulais obtenir
audience. Je m'en allai fort décon-
certé d'une pareille réception, et
encore plus étonné du luxe qui régnait dans la maison de mon oncle,
quoique je n'en eusse vu que l'extérieur.

— Si les valets m'ont reçu avec tant
d'insolence, me disais-je à moi-
même, quel accueil puis-je espérer
du maître ? Il me traitera sans doute
encore plus mal, et je ferais mieux
d'aller à Lindkopink trouver mon
oncle le professeur. Mon père m'en a

toujours parlé comme d'un homme
à qui l'étude et la philosophie te-
naient lieu de tout, et qui s'est adonné
aux lettres de fort bonne heure. Elles n'auront pas manqué de lui apprendre à ne pas juger des gens par
leur apparence, et du moins je
n'aurai point à craindre chez celui-
là l'insolence de ses laquais, puisqu'il n'est point assez riche pour en
avoir.

Malgré ces réflexions, la curiosité
m'entraîna le lendemain chez le banquier. Ses domestiques, qui m'avaient
pris pour un imposteur ou un parent misérable, dont la présence ne
pouvait qu'importuner leur maître,
ayant appris de lui que j'étais non-
seulement son neveu, mais que je
jouissais d'une grande fortune, se
montrèrent aussi humbles à cette seconde visite qu'ils avaient paru hau-

tains à la première. Ils m'adressèrent
même des excuses auxquelles je ne
daignai pas répondre. Mon oncle me
reçut avec beaucoup de cordialité,
me fit un compliment funèbre sur la
mort de mon père, et me remercia
de la confiance que je lui témoignais
en venant de si loin le consulter sur
ma conduite; puis m'examinant de
la tête aux pieds :

— En vérité, mon cher neveu, me
dit-il, quoique j'aie fortement répri-
mandé mes gens sur la manière trop
libre dont ils vous accueillirent hier,
je ne puis m'empêcher de convenir
qu'il leur était difficile de vous reconnaître dans ce modeste équipage
pour un si proche parent de leur
maître. Est-ce ainsi que doit se présenter un homme de votre état? Pourquoi venir à pied lorsque votre fortune vous permet de vous servir d'une

voiture, et vous contenter d'un habit de drap commun tandis qu'il vous était si facile de vous en procurer un autre ? Les hommes ne portent point écrit sur leur front le degré de leur mérite ni celui de leur fortune ; il est nécessaire qu'ils fassent connaître publiquement ces avantages par des marques extérieures, s'ils veulent jouir de la considération qui s'y trouve attachée.

Je lui répondis timidement que mon père ayant toujours vécu avec une extrême simplicité, je n'avais rien changé à ses habitudes ni aux miennes depuis que j'avais eu le malheur de le perdre.

—Mon enfant, me répliqua-t-il, la simplicité de nos ancêtres était assurément une vertu fort recommandable ; mais les mœurs font des progrès qu'il faut suivre, sous peine de passer pour bizarre et ridicule. Votre père s'y est conformé malgré lui en vous donnant une éducation plus soignée que la sienne. Croyez-moi donc, laissez là votre province, venez dépenser dans la capitale les revenus dont vous jouissez. Faites-vous un honneur de recevoir une bonne compagnie ; sachez être libéral et magnifique sans prodigalité, et ne craignez pas de jouir des agrémens de la vie, puisque votre âge et votre situation vous y invitent.

Je fus d'abord un peu étourdi de ce discours, quoique je ne me sentisse pas de répugnance à suivre de pareils conseils; mais je m'y attendais si peu que j'en demeurai interdit. Mon oncle m'invita à déjeuner. Nous passâmes dans un fort beau salon, où je trouvai la famille du banquier et quelques-uns de ses intimes

amis, auxquels il me présenta en leur
adressant quelques excuses sur ma
mise négligée, qu'il attribua à un reste
de deuil. Je n'avais jamais vu chez
mon père, même dans les jours de
festins, une table si délicatement et
si abondamment servie que celle qui
nous était offerte en ce moment. Mon
oncle et son épouse en faisaient les
honneurs avec beaucoup de grâce,
et les convives, également charmés
de la bonne chère et de l'honnêteté
des maîtres de la maison, ne cessaient
de manger que pour leur adresser des
éloges flatteurs. Je sortis de cet hôtel
dans des dispositions fort différentes
de celles que j'apportais en y arrivant. Les avis de mon oncle, joints
à ce que je venais de voir, me firent
rougir de ma simplicité passée, et
mon premier soin fut de me vêtir
avec magnificence, et de louer un

carrosse en attendant que j'en eusse
acheté un. S'il s'élevait dans mon esprit quelque scrupule, car une voix
intérieure me criait de temps à autre
que mon père avait été assez sage
toute sa vie pour que son exemple
dût me suffire, je me répondais à
moi-même qu'un homme de l'âge de
mon oncle méritait aussi quelque
confiance. Plus je fréquentais sa maison, plus je prenais de goût pour la
dépense et la représentation. Ce fut
bien pis lorsque lui ayant exposé franchement l'état de mes affaires, il
m'avoua que j'étais presque d'une
moitié plus riche que lui. Oh! pour
le coup la tête me tourna tout-à-fait,
et je me promis de le surpasser en
magnificence, puisque je le surpas-
sais en fortune. En moins d'un an je
me trouvai établi à Stockholm sur le
pied que je désirais. Mon oncle, dont

les affaires commençaient à se déranger, m'associa à sa maison de
banque dans l'espoir que je la sou-
tiendrais ; mais il ne lui fut pas possible de mettre un frein à ce goût du
luxe qu'il avait imprudemment fait
naître dans mon esprit. Je me lançai
dans le tourbillon du monde et des
plaisirs; je jetais mon argent à la tête
du premier flatteur qui excitait ma
libéralité ; et quoique je ne connusse
rien aux beaux arts, le désir de paraître les protéger me faisait dépenser
des sommes immenses. Ce n'est pas
sans confusion, continua Hastendorf
en soupirant, que je me rappelle une
époque si peu honorable pour ma
vie; mais il était nécessaire que je la
misse sous vos yeux pour vous faire
mieux juger des inconvéniens d'une
grande opulence.

— Permettez-moi de vous dire,

lui repartis-je, que c'est moins votre opulence que le peu de mesure que vous y avez su garder qu'il faut accuser des désordres qui ne manquèrent point, j'imagine, de suivre un pareil genre de vie.

— Je conviens, répondit Hastendorf, que je les aurais évités en proportionnant sagement mes dépenses à ma fortune; mais c'est précisément parce que cette modération est rare et difficile qu'il est dangereux de se rencontrer dans une position où tout invite à l'oublier. Ce qui vous paraîtra plus triste encore, c'est que je me ruinais sans en être plus heureux. Plus j'accordais à mes désirs, plus je satisfaisais ma vanité, plus j'appelais autour de moi de divertissemens, moins je me sentais content de moi-même. L'orgueil, l'ambition et l'ennui me tyrannisaient tour-à-

tour. Enfin une catastrophe inévita-
ble termina tant d'extravagances. Tout
ce que mon père avait amassé par
son travail et son économie, passa entre les mains de mes créanciers ; et
ce qui acheva de me laisser sans ressources, mon oncle, dont la conduite,
quoique moins apparente, n'avait
pas été plus raisonnable que la mienne, manqua de son côté, et fut
obligé de passer en Danemark, où
il finit misérablement ses jours. Ce
fut alors que j'appréciai les hommes
et la fortune, lorsque dans mon funeste revers je ne trouvai pas un seul
ami ! Ceux que j'avais comblés de
présens m'évitaient et se déchaînaient
contre moi plus vivement que les
autres. Tout ce qu'ils avaient loué
en moi ne leur paraissait que des
défauts. Mon goût n'était qu'une pré-
tention ridicule, ma générosité qu'u-

ne vaine gloire, ma franchise qu'une
ignorance grossière des usages. J'a-
bandonnai en gémissant cette foule
d'ingrats et une ville qui m'avait été
si funeste, sans savoir encore de quel
côté je porterais mes pas, car l'idée
de retourner dans ma province dans
l'état où j'étais réduit, ne me semblait
pas supportable.

— La folie a causé tous mes maux!
m'écriai-je alors, c'est à la sagesse à
les guérir. Je veux aller à Lindkopink, j'y avouerai franchement mes
torts à mon oncle le professeur, et
je lui en demanderai le remède.

Je pris à pied le chemin de cette
ville, portant au bout d'un bâton
quelques chemises et un fort bel
habit qui me restait encore, et n'ayant
pour toute fortune que quatre rix-
dalers qui font un peu moins de
vingt-quatre livres de France. Mon

malheur n'avait pu me faire oublier
la mauvaise réception que je reçus
des laquais du banquier à mon arrivée à Stockholm; aussi quoique je
ne m'attendisse point à trouver son
frère dans une situation aussi brillante, je pris à tout hasard la précaution de mettre mon bel habit pour
lui rendre visite. C'est d'ailleurs un
sentiment naturel à l'indigent dont
la misère est inconnue, de faire tous
ses efforts pour la déguiser : il essaie
d'échapper ainsi au moins à l'attention passagère du public, et de surprendre par des déhors innocemment
trompeurs une considération que
l'injustice des hommes ne manquerait pas de lui refuser, s'il devinait
sa véritable situation.

Mon oncle demeurait dans une
petite rue sale et obscure, voisine
de l'université, où il n'avait qu'une

place fort secondaire, qui lui procurait à peine de quoi vivre. La maison
qu'il habitait répondait au peu d'apparence de la rue, et encore n'y
occupait-il que deux petites cham-
bres au troisième étage, sur une cour
étroite, où s'écoulaient tous les égouts
de la maison. Je me présentai heureusement chez lui un jour de congé,
sans quoi je ne l'aurais rencontré
que le soir assez tard, à son retour
du collége. Je vis un grand homme
sec et pâle, les yeux louches, le
maintien négligé, les habits tellement
en désordre qu'ils étaient déchirés en
plusieurs endroits, et dont le linge
annonçait une malpropreté extraordinaire. Cet aspect excita en moi autant de surprise que le luxe du banquier. Je crus avoir devant mes yeux
un autre personnage que celui que
je cherchais; mais lorsque je me fus

informé à lui-même de son propre nom, il me fut impossible de douter plus long-temps de la vérité. Il fallut me faire connaître à mon tour, et aussitôt, sans me laisser le temps de lui expliquer le motif de ma visite :

— Je ne sais, me dit-il d'un ton assez brusque, quel intérêt vous amène ici. Vous êtes riche, et je suis pauvre, grâce à l'injustice de mon père, qui me priva en faveur du vôtre d'une partie de son bien : nous ne pouvons avoir rien de commun ensemble vous et moi.

— Mon oncle, lui répondis-je en rougissant, vous êtes dans l'erreur; je ne possède absolument rien, ni ne sais plus que devenir; votre compassion est la seule espérance qui me reste.

Des larmes qui m'échappèrent malgré moi parurent l'attendrir. Il me pria de lui expliquer une chose qu'il ne pouvait comprendre, en ajoutant avec plus de bonté que je ne m'y attendais, qu'il me donnerait tous les secours qui dépendaient de lui, pourvu que je lui déclarasse la vérité. Je me vis contraint de m'accuser moi-même de toutes les erreurs dont je m'étais rendu coupable, et d'avouer en même temps la part que mon oncle le banquier y avait eue.

— Voilà les hommes! s'écria le philosophe. Tant que la fortune leur sourit, ils n'estiment que ceux qu'elle favorise; c'est lorsqu'ils sont tombés dans le malheur qu'ils pensent à se retourner du côté de la sagesse. Jeune homme, si au lieu d'aller à Stockholm chercher les conseils d'un fou, vous fussiez venu ici, je vous aurais appris à mépriser ces vanités mondaines

qui vous ont perdu. Mais quoi ! elles
vous possèdent encore , même après
que vous ne les possédez plus ! Quel
costume avez-vous là ? est-ce celui
d'un indigent? pouvez-vous confesser
votre misère sous la livrée du luxe?
Les premiers progrès dans la science
de la philosphie sont un juste mépris
pour toutes ces vaines apparences
auxquelles le monde est attaché.
Pourquoi tromper ceux qui vous
regardent ? n'est-ce pas que vous
avez honte de la pauvreté?

— Hélas ! lui répondis-je , je dois
avoir honte au moins des folies qui
m'y ont précipité.

— Il faut faire davantage, me répliqua mon oncle, et imiter le philosophe Zénon,qui, ayant perdu toute
sa fortune dans un naufrage, remercia les dieux de l'avoir obligé par-là
de recourir à l'étude de la sagesse. Les

richesses y sont toujours un obstacle,
et si vous voulez suivre mes conseils,
vous finirez par vous trouver heureux
du sort qui vous a tout ravi. Vous
apprendrez combien l'homme a besoin de peu de chose lorsqu'il a le
courage de fouler aux pieds les vanités humaines ; combien il devient
libre , sage, supérieur à ses semblables , dès qu'il méprise leur blâme
ou leur approbation , et ne prend
pour guide de sa conduite que les
règles de la plus austère vertu.

Je ne pouvais m'empêcher de l'é-
couter avec une respectueuse surprise , malgré que cette façon de
raisonner , assez d'accord au reste
avec l'extérieur de celui qui parlait,
me parût un peu extraordinaire :
c'était un contraste bien frappant
pour moi que cette visite, lorsque
je la comparais à celle que j'avais

rendue à mon autre oncle. Je convins
avec celui-ci de demeurer chez lui,
et d'y attendre qu'il me procurât le
moyen de gagner honnêtement ma
vie, ce qui était fort aisé, ajouta-
t-il, lorsque l'ambition n'entrait pour
rien dans cette recherche. Je n'eus
pas passé une journée entière dans
cette maison, que je compris en effet
qu'il fallait bien peu de chose pour
y vivre avec un pareil régime. Notre
déjeuner se composa d'un morceau
de pain bis et d'un verre d'eau; au
dîner nous y ajoutâmes une moitié
de hareng salé, et le repas du soir fut
aussi sobre que celui du matin. La
nuit je partageai le lit de mon oncle.
Quel genre de vie pour un jeune
homme qui sortait de goûter toutes
les délices que procure la fortune
dans une ville telle que Stockholm !
J'eus tout le loisir de m'en occuper

tristement pendant l'absence de mon oncle qui me quitta pour aller à l'université. J'espérais néanmoins pouvoir me livrer à quelque travail, dont le produit nous permettrait un peu plus d'aisance, et je me félicitais d'avance de devenir utile à ce généreux parent qui m'accueillait malgré sa profonde misère. Trois jours après mon établissement chez lui, il me dit qu'il avait trouvé un libraire qui m'occuperait à copier les manuscrits d'un auteur qui, étant un homme de naissance, ne voulait point souffrir qu'on l'imprimât, et faisait faire à la main un grand nombre d'exemplaires qu'il distribuait avec ostentation.

— Cette singularité ridicule, continua mon oncle, vous vaudra à peu près un rixdhalers * par mois.

* C'est-à-dire à peu près six francs.

— Un rixdhalers! m'écriai-je.

— Oui, reprit le philosophe, c'est tout ce qu'il vous faut pour vivre et même au-delà; je ne dépense pas davantage. Que trouvez-vous donc là de révoltant?

— Il me semblait, répondis-je, qu'à mon âge et avec l'éducation que j'ai reçue, je pouvais aspirer à quelque chose de plus lucratif.

—Mon neveu, continua-t-il, mettez-vous bien dans la tête qu'un sage n'a besoin que d'un peu de pain et d'eau pour satisfaire aux lois de la nature, et que tout ce qu'il y ajoute est pris aux dépens de son repos et de sa liberté. D'anciens philosophes nous trouveraient encore beaucoup trop riches, et l'un d'eux, qui se servait pour boire d'une tasse de bois, la jeta comme un meuble inutile, lorsque des enfans lui eussent appris que la

main pouvait la remplacer. J'aurais
pu parvenir comme un autre aux em-
plois et à la fortune, mais j'ai dédai-
gné ce chemin tortueux ; la philosophie m'a paru préférable à tout le
reste. De la hauteur où son étude m'a
placé, je considère avec mépris ce
que les autres ambitionnent. Soyez
assez sage pour m'imiter.

— O mon cher oncle ! me dis-
je en moi-même , ne pourrait-on
pas vous appliquer ce qu'on disait
à Antisthène : « J'aperçois ta vanité
à travers les trous de ton man-
teau. »

En effet je ne pus m'empêcher de
reconnaître par la suite qu'il y avait
bien plus d'orgueil que de philosophie dans le caractère de mon oncle,
et j'appris même positivement qu'il ne
s'était jeté dans un genre de vie si
extraordinaire, qu'après avoir échoué

dans les tentatives qu'il faisait pour
s'en procurer un autre. Tous ses discours ne purent jamais me persuader
qu'il fût meilleur de se condamner à
une pauvreté dégoûtante que de s'enrichir par son travail et par son industrie, et qu'il y eût moins de mérite à se tenir au rang des gens bien
élevés, qu'à se ravaler volontairement
à celui de la dernière classe du peuple; mais je n'en fus pas moins obligé
de me soumettre au système établi
dans son ménage, ce qui finit par me
causer un véritable désespoir, qu'a-
limentait sans cesse le souvenir de ma
condition passée. Je suis convenu assez franchement de mes torts pour
qu'il me soit permis de parler aussi
des bons sentimens qui m'animaient.
Ce n'étaient point les années de luxe
et de plaisir passées à Stockholm après
lesquelles je soupirais; elles ne me

causaient au contraire que de la honte
et de la douleur ; mais ce que je re-
grettais amèrement , c'était la vie
douce, innocente et modeste de la
maison de mon père. Mon état chez
mon oncle me devint tellement in-
supportable que je résolus de le quit-
ter de quelque manière que ce fût.
J'étais effrayé moi-même des pensées
tumultueuses qui m'agitaient. La vue
des personnes riches remplissait mon
âme d'envie, et plus d'une fois j'é-
prouvai un désir vague et incertain
de m'enrichir aux dépens d'autrui.
Vous avez vu dans quels égaremens
me conduisirent les richesses, je vous
confie ceux où la pauvreté était à la
veille de m'entraîner. Le Ciel eut cependant pitié de moi et me retint
sur le bord du précipice. Dans la résolution où j'étais de me retirer de la
misère philosophique de mon oncle,

je m'adressai au libraire qui me
procurait de l'ouvrage; mais avant
même que j'eusse ouvert la bouche, il me proposa de m'attacher
en qualité d'interprète et de secrétaire à un savant français qui voya-
geait en Suède pour étudier l'histoire
naturelle de ce pays. Il ajouta que cet
étranger, n'étant pas assez riche pour
me donner de forts appointemens,
s'engageait à m'enseigner sa langue.
J'étais trop disposé à accepter la première place qui se rencontrerait, pour
refuser celle qui m'était offerte. On
me conduisit aussitôt chez le Français; nous nous convînmes réciproquement et d'autant mieux que je
possédais déjà une légère teinture de
sa langue, dont j'avais pris quelques
leçons à Upsal, où je suivais les cours
de l'université.

Mon oncle n'apprit point sans indi-

gnation le peu de goût que je sentais
pour sa philosophie ; mais il ne la fit
point éclater, et se contenta de me
répondre avec un froid mépris, que
puisque j'aimais mieux être l'esclave
que le maître des hommes, il ne prétendait point me contraindre à cet
égard. Je le quittai avec une joie
inexprimable, et la vie que j'avais
menée chez lui me fit trouver ma
nouvelle situation la plus heureuse
du monde. Nous voyageâmes pendant trois ans, mon maître et moi ;
nous parcourûmes la Suède, la Fin-
lande et la Laponie. Je n'étais pas
seulement le secrétaire de cet étranger, je lui servais aussi de domestique, puisqu'il faut être sincère; mais
de son côté il adoucissait de tout son
pouvoir ce que la servitude a d'hu-
miliant, et me traitait avec les égards
que mérite un homme bien né tombé

dans l'infortune. Il me persuada de
le suivre en France, où il comptait
avoir le crédit de me placer avantageusement. Nous traversions la province de Smaland pour nous rendre
au port d'Istad et de là à Stralsund,
d'où nous devions aller en France,
lorsque nous fûmes surpris par des
voleurs au milieu d'un bois. Mon
maître périt en se défendant, et moi-
même, percé de coups, je fus laissé
pour mort sur la place. Je ne pouvais manquer d'y terminer mes tristes
jours, si un ange ne m'eût rappelé à la
vie. Une jeune personne qui traver-
sait à cheval ce même bois, accompagnée d'un paysan, au lieu de s'é-
pouvanter à notre aspect et de prendre la fuite comme n'aurait pas manqué de le faire une personne sans
courage, descendit aussitôt de cheval et vint s'assurer si nous respirions

encore. Me trouvant le seul qui eût
besoin de ses secours, elle implora
pour moi la compassion de quelques
paysans du voisinage, me fit placer
sur son propre cheval le plus commodément qu'elle put, et me conduisit dans sa maison. Jugez de ma surprise en revenant à la vie, de me voir
assisté par une jeune et belle personne que sa vive sensibilité rendait
encore plus intéressante! Cette fille
bienfaisante était mon épouse Marguerite; les attraits qu'elle conserve
encore vous donneront une idée de
ce qu'elle devait être à la fleur de son
âge. Elle habitait avec une vieille
tante une petite maison de campagne
qui était l'unique héritage qu'elle
eût reçu de ses parens. On n'y trouvait que le nécessaire; mais le goût,
l'ordre et la propreté qui y régnaient
ne permettaient pas d'y désirer autre

chose. La situation de ce bien était
d'ailleurs tout-à-fait romantique.
Des prairies arrosées par une rivière,
des bois charmans, quoiqu'ils ne
dussent rien qu'à la nature, de nom-
breux troupeaux, récréaient la vue de
tous côtés. Le chirurgien qui me soi-
gnait prétendait à la main de Marguerite, comme il me l'apprit lui-
même, et lui avait offert plus d'une
fois de partager avec elle une fortune
assez florissante; mais la jeune or-
pheline s'était contentée de le remercier poliment de cet honneur. Je
m'avisai enfin de m'informer du nom
de sa famille, car on ne l'appelait jamais que la sage Marguerite, et je
reconnus avec autant d'étonnement
que de joie qu'elle était ma cousine,
la fille du troisième frère de mon
père. Comme je ne la voyais qu'accompagnée de sa tante, je ne savais

si je devais me découvrir en présence
de cette dernière, car quant à Marguerite, je n'aurais point hésité à lui
confier ma situation et mes folies
passées, tant j'avais de raisons de
compter sur la bonté de son cœur. Je
demeurai donc dans cette incertitude
jusqu'à ma parfaite guérison. Il était
temps que je m'explicasse, puisque
je ne pouvais abuser plus long temps
de la générosité de ma cousine. Je
me rendais près d'elle dans ce dessein, lorsque je la trouvai seule. Elle
m'écouta avec beaucoup d'intérêt, et
s'étant assurée par l'inspection de
mes papiers de famille, qu'heureusement les voleurs ne m'avaient point
enlevés, que je ne lui en imposait
pas, elle me tendit affectueusement
la main, en se félicitant du service
qu'elle avait eu le bonheur de me
rendre. Marguerite appela aussitôt

sa tante pour lui faire part des liens qui nous unissaient.

— Si nous étions du même sexe, me dit-elle ensuite, je vous inviterais à regarder ma maison comme la vôtre; mais la convenance ne me le permettant pas, je vais vous adresser au meilleur ami de mon père ; je [le prierai de vous accorder un asile, et je ferai tout ce qu'il me sera possible pour que vous ne lui soyez point à charge.

Je répondis à Marguerite que je m'abandonnerais entièrement à sa conduite. Elle me procura en effet les bonnes grâces du pasteur de l'église de la contrée, qui me reçut comme son fils, me promit de me trouver un poste honorable, et me garda en attendant dans sa maison. Ma cousine avait trop de beauté et de vertu, elle me témoignait une

bienveillance trop touchante pour
que j'y demeurasse insensible. Bien
loin de là, je conçus pour elle une
amitié si vive qu'elle m'occupa bientôt uniquement. Je me disais en vain
que notre fortune mutuelle s'oppo-
sait à mon union avec Marguerite,
qu'elle n'était pas assez riche pour
épouser un homme absolument rui-
né, qu'il ne dépendait que de sa volonté de prendre un parti avantageux, et qu'elle s'y déciderait sans
doute tôt ou tard. Ce raisonnement
ne pouvait affaiblir mon attachement
pour elle. Je demeurais depuis six
mois dans le pays, où je m'occupais
de la culture du jardin et du ver-
ger dépendant de la maison du pasteur, quand il m'annonça qu'il m'a-
vait obtenu à Calmar une place de
commis chez un de ses parens qui
tenait une manufacture de draps, et

m'accordait à sa considération des
appointemens fort avantageux. Le
bon pasteur s'attendait à me voir
transporté de joie ; il fut assez surpris de n'apercevoir sur mon visage
que l'expression de la tristesse, au
point même que mes larmes coulèrent malgré moi. Je voulus les lui
cacher, mais il n'était plus temps :
son inquiète amitié me demanda
une explication que je ne pus lui
refuser. Je lui avouai en rougissant
que j'aimerais mieux lui servir de
domestique jusqu'à la fin de mes
jours, que d'aller chercher loin de
Marguerite une fortune plus avan-
tageuse.

— Je sais, ajoutai-je, combien
les torts de ma jeunesse m'ont rendu
indigne d'elle ; jamais ma langue in-
discrète ne lui déclara un secret
qu'elle doit ignorer, mais je ne puis

me résoudre à me séparer de ma bienfaitrice.

Le bon pasteur, aussi surpris qu'affligé de ce qu'il entendait, m'embrassa tendrement et m'assura que j'étais le maître de demeurer toujours chez lui, non comme son domestique, mais comme son ami, générosité dont je le remerciai avec une reconnaissance si expressive qu'elle lui découvrait encore mieux que ma confidence l'excès de mon amitié pour ma charmante cousine. Il était du nombre de ces pesonnes sensées qui ne regardent point les richesses comme une chose nécessaire au bonheur. Marguerite avait peu de bien, il est vrai, mais ce bien avait cependant suffi à sa famille, et il ne paraissait pas impossible au pasteur qu'elle y vécût heureuse à son tour avec un homme dont elle serait aimée, que

le malheur avait rendu sage, et qui
n'épargnerait sans doute ni son travail ni sa peine pour faire prospérer
ses affaires. Que vous dirai-je? continua Hastendorf; quoique ces dé-
tails soient assez remplis d'intérêt,
il ne me convient pas de m'y appesantir, et je me contenterai de vous
apprendre que le pasteur ayant étu-
dié le cœur de Marguerite, et s'étant
aperçu que je ne lui étais pas non
plus indifférent, arrangea lui-même
notre mariage. L'espérance qu'il avait
conçue de notre bonheur ne fut point
illusoire. Nous le trouvâmes au sein
de cette douce et heureuse médio-
crité qui nous tenait également à
l'abri de l'ivresse où m'avait plongé
ma grande fortune, et de l'abject
désespoir que j'avais éprouvé dans
la misère. Notre bonheur, pendant
huit années, ne fut troublé que par

la mort du vertueux pasteur ; mais
cette triste époque devint comme le
signal d'autres malheurs qui dé-
rangèrent un peu notre petite fortune. Une maladie épidémique nous
enleva un assez grand nombre de
bestiaux ; le feu du Ciel nous incen-
dia une grange avec toute la récolte
qu'elle contenait. Ce n'eût été rien
pour un propriétaire aisé, ce fut
beaucoup pour nous. Ces accidens
nous jetèrent dans un état de gêne,
dont nous serions cependant sortis
avec courage au bout de quelques
années, si nous n'avions suivi que
nos propres conseils.

Un des parens de la mère de Marguerite, étant venu nous voir, nous
reprocha de nous contenter d'une si
mince fortune, que le moindre événement nous mettrait à deux doigts
de notre perte. Il s'était enrichi aux

Indes orientales, où il avait un dépôt
de marchandises de l'Europe. Il nous
conseilla d'affermer notre petit do-
maine et de nous embarquer avec
lui, nous promettant de nous établir
avantageusement dans sa maison de
commerce, et de nous y donner l'occasion de faire fortune en peu de temps,
tout en lui rendant service. Comme
nous paraissions attachés à notre pa-
trimoine et peu ambitieux de chercher
au loin un bonheur que nous avions
déjà trouvé, il fit valoir l'intérêt de nos
deux enfans Éric et Gustave, et nous
dit qu'il ne nous était pas permis de ne
songer qu'à nous. Cette considération
l'emporta dans notre cœur sur tout le
reste. Nous sacrifiâmes à l'intérêt de
notre famille notre goût, nos habitudes, et nous abandonnâmes en pleurant notre maison et notre patrie, pour
aller courir sur mer des dangers de

toute espèce. Hélas ! Il ne manquèrent point en effet de nous assaillir.

Le premier que nous éprouvâmes
ne fut peut-être pas le moins grand,
puisqu'il y allait de notre vie. On s'a-
perçut que le navire faisait une voie
d'eau considérable ; nous étions a-
lors à la hauteur de la côte des Esclaves. Nous travaillâmes tous à la pompe pour nous donner le temps de gagner Christiansbourg, fort danois,
dont le gouverneur était un ami de
notre parent. Nous y fûmes reçus
avec beaucoup d'humanité ; mais
nous trouvâmes la colonie en guerre
avec les nègres, et assez étroitement
assiégée dans son fort pour concevoir de vives inquiétudes. Notre arrivée releva cependant son courage,
encore qu'elle ne lui servît à rien,
car les nègres augmentant aussi le
nombre de leurs combattans, fini-

rent par pénétrer dans le fort, et par
nous faire tous prisonniers. Marguerite se trouvait alors enceinte de
Christine; son état, qui augmentait
mes alarmes, fut cependant ce qui
nous sauva. Nos vainqueurs ont un
si grand respect pour les femmes
près de devenir mères, qu'elles leur
commandent en souveraines tant que
dure cette situation. Ce respect s'é-
tend même sur tous ceux qu'elles
protègent. Il fut cause qu'on ne nous
enchaîna point comme les autres prisonniers, et qu'on nous fît monter
sur des espèces de chariots traînés
par des bœufs, pour nous emmener
dans l'intérieur du pays; car les nègres qui nous avaient vaincus n'étaient
point habitans de la côte des Esclaves: ils n'y vinrent qu'en conquérans
sous la conduite d'un prince qui passait pour être aussi puissant que re-

doutable. Marguerite, dans ce cruel malheur, montrait un courage et une force d'âme que je ne me lassais point d'admirer. C'était elle qui me consolait.

— Mon ami, me disait-elle, ayons confiance en Dieu. L'infortune qui nous arrive ne peut être qu'une épreuve, et non un châtiment, puisque ce n'est ni par ambition ni par avarice que nous avons entrepris ce voyage.

Nous comprîmes aisément la raison des honneurs dont elle était l'objet, mais nous n'étions pas sans inquiétudes pour l'avenir, et je frémissais en moi-même que tout cela ne se terminât d'une manière funeste. Nous arrivâmes après un assez long voyage dans la ville capitale du royaume, si l'on peut donner ce nom à un amas de huttes sans ordre et sans symétrie,

où tout annonçait la pauvreté. Les
prisonniers danois furent tous sacri-
fiés avec pompe aux mânes des guer-
riers morts. Notre malheureux parent fut immolé avec eux sans doute,
puisque nous ne l'avons jamais revu,
et j'aurais subi le même sort, ainsi que
mes deux enfans, sans la protection
de Marguerite. Quoique nous eussions fait beaucoup de chemin, la
contrée où nous étions prisonniers
n'était pas éloignée de la mer, parce
que celle-ci s'enfonce encore assez
avant dans les terres; mais, jaloux
de leur indépendance, et instruits
par l'expérience de leurs voisins, ces
nègres n'ont jamais permis à aucune
nation européenne de former chez
eux le moindre établissement, et
méprisent d'ailleurs le commerce,
comme une chose avilissante, propre à les détourner de la guerre,

qu'ils préfèrent par - dessus tout.

Le prince ayant désiré de nous voir, nous nous rendîmes à sa hutte ; il nous considéra avec attention et nous adressa plusieurs fois la parole, sans qu'il nous fût possible de lui répondre, puisque nous ne le comprenions pas. Quoiqu'il portât un collier de dents de ses ennemis, et que tout annonçât autour de lui un attirail de guerre et de férocité, je remarquai que sa physionomie était naturellement douce, expression que faisait ressortir l'air méchant et dédaigneux de ses ministres. La figure de ce prince me resta dans la mémoire; j'espérais me le rendre favorable et en obtenir notre liberté, si je parvenais à m'en faire entendre. Je travaillai avec ardeur à m'instruire de son langage nègre, et j'y fis d'assez rapides progrès pour être en état de

m'entretenir avec le roi, lorsqu'arriva
l'instant des couches de Marguerite.
Hélas ! il était temps que j'eusse re-
cours à ce moyen, car on n'attendait
que cette époque pour nous sacrifier comme les autres, nous supposant
Danois, et leur intention étant de
venger sur tous ceux de cette nation
la mort d'un de leurs devins que le
gouverneur du fort avait tué de sa
propre main. On voit par-là que mon
ignorance nous aurait coûté la vie.
Je racontai au roi par quelle aventure
nous nous étions trouvés dans le fort,
et lui fis sentir l'injustice qu'il y aurait à nous envelopper dans la haine
qu'il portait aux Danois, puisque
nous ne l'avions jamais offensé, et
n'étions pas du même pays. Il me
fit jurer sur sa fétiche que je disais la vérité, et lorsqu'il ne conserva
plus de doutes, il me promit avec

bonté de me laisser vivre en paix avec ma famille, et maudit publiquement celui de ses sujets qui oserait attenter à nos jours.

Vous êtes bien heureux, ajouta-t-il, d'avoir une si belle femme blanche ; lorsque la mienne sera morte et que votre fille qui vient de naître aura grandi, vous me la donnerez en mariage.

Ces étranges paroles me causèrent à-la-fois de la joie et de la tristesse. Elles m'apprirent que ces nègres, contre la coutume la plus générale parmi eux, n'avaient qu'une épouse, ce qui me faisait espérer qu'ils respecteraient notre union ; mais j'en conclus aussi que ce roi prétendait nous garder auprès de lui, ce qui n'était rien moins que consolant. Il avait été aussi surpris que flatté de la promptitude avec laquelle je m'étais mis en état de l'entendre et de lui répondre, et me demanda de lui enseigner la plupart des choses que les blancs ont inventées pour se rendre la vie agréable. Quelque désir que nous eussions de recouvrer notre liberté, nous comprîmes qu'il fallait nous soumettre à notre sort, et ne pas mécontenter un prince de qui nous attendions notre salut.

Le plus ignorant Européen se trouvera toujours un mérite supérieur parmi des hommes tels que ceux dont il est question. Il me fut bien facile d'étonner et de satisfaire le prince, en ne lui apprenant que ce que mes enfans savaient déjà. Je lui enseignai la manière de construire des maisons, qui n'eussent passé dans mon pays que pour de misérables chaumières, mais qui reçurent dans le sien le nom magnifique de palais.

Je les meublai grossièrement de ta-
bles et de lits, n'ayant aucun instrument propre à travailler le bois avec
quelque délicatesse. Nous traçâmes
le plan d'une ville tout entière ; et
ce qui acheva de me gagner l'estime
et l'affection de ce peuple, ce fut la
construction d'un moulin à vent pour
moudre du maïs, qu'ils étaient obli-
gés d'écraser péniblement entre des
pierres. Ils ne pouvaient assez admirer cette industrie qui s'empare des
élémens les plus fougueux pour les
obliger à servir les hommes, et mon
moulin, quoique petit et mal fait, devint un objet de curiosité que toute
la nation venait voir des points les
plus éloignés de ce royaume. Ce travail me coûta beaucoup, et je regrettai plus d'une fois de n'avoir pas ob-
servé assez attentivement toutes les
merveilles des arts mécaniques, aux-

quelles l'habitude nous rend pour
ainsi dire indifférens, lorsque j'étais
à même de le faire.

De son côté Marguerite apprenait
à la femme du roi l'art de donner aux
viandes un apprêt qui les rend plus
saines et plus agréables ; mais tous ces
services ne nous valaient que des
honneurs et des présens qui n'avaient
rien de flatteur pour nous : il n'était
pas question de nous renvoyer dans
notre pays, et le roi n'y paraissait
nullement disposé. Au milieu de la
faveur dont je jouissais, j'avais un
ennemi d'autant plus dangereux qu'il
dissimulait ses sentimens : c'était le
chef des devins, jadis le conseiller et
le favori du roi, mais dont le crédit
avait fort diminué depuis que je
faisais des choses fort au-dessus de
tout ce qu'il pouvait entreprendre.
Cet homme, et quelques autres de-

vins auxquels il inspirait son mécon-
tentement, résolurent de m'enlever
du pays avec ma famille, et se ser-
virent pour y réussir du vif désir
qu'ils me connaissaient de retourner
parmi les miens. Le chef des devins
me proposa donc un jour avec beaucoup de mystère, et après m'avoir fait
jurer de lui garder le secret auprès
du roi, de m'échapper du royaume
et de gagner un comptoir européen.
Je n'eus pas de peine à démêler que
la jalousie seule le portait à me favo-
riser sur ce point, quoiqu'il m'acca-
blât des marques de son estime ;
mais je crus devoir en profiter, et
Marguerite s'étant trouvée de mon
avis, nous nous remîmes avec confiance entre les mains de ce perfide.
Le roi était depuis quelques jours
occupé à piller les terres de ses voisins, lorsque nous allâmes joindre

au milieu de la nuit le bord d'une
rivière très-rapide, sur laquelle une
pirogue nous attendait. Nous ne tar-
dâmes pas à connaître notre péril,
non-seulement en ne découvrant aucune côte où nous pussions trouver
un établissement, mais à l'air sombre et farouche de ceux qui nous
conduisaient. C'étaient six devins dé-
voués à leur chef. Ils n'hésitèrent
point à nous déclarer que ne pouvant
attenter à nos jours à cause de la ma-
lédiction prononcée par le roi, et
voulant se défaire de nous, ils avaient
ordre de nous abandonner dans la
première île déserte qu'ils rencon-
treraient. Nous tentâmes inutilement de fléchir ces barbares, en leur
représentant que leur but serait aussi
bien rempli s'ils nous remettaient
entre les mains des blancs : leur aveu-
gle soumission à leur chef les rendit

sourds à toutes nos prières. Je tâchai
alors, à l'aide d'une petite boussole
que je portais sur moi, de me rendre
raison de notre route, dans l'espérance que cette connaissance ne me
serait pas inutile dans la suite, et il
est vrai qu'elle m'aiderait beaucoup
à me diriger, si nous trouvions quelque moyen de sortir de cette île. Nous
y abordâmes au bout de six jours de
navigation. Les nègres la visitèrent
d'abord pour s'assurer qu'elle était in-
habitée; mais il y a apparence qu'ils
ne traversèrent point le lac, puisque
vous ne les avez point aperçus. Un
d'entre eux, soit par haine, soit par
pitié, car tout nous présageait sur
cette côte aride une mort lente et
funeste, proposa de nous immoler
avant de partir. Ce conseil parut aux
autres une impiété capable d'attirer
sur eux quelque malheur dans leur

retour, et ils ne crurent pouvoir s'en
préserver qu'en tuant celui qui venait
de s'en rendre coupable. Ils s'en sai-
sirent, le plongèrent dans l'eau la
tête la première, jusqu'à ce qu'il eut
cessé de vivre (c'était le supplice
des devins prévaricateurs), et jetèrent son corps dans la rivière de la
Cascade qui se décharge dans le lac.
Ils se rembarquèrent aussitôt après
cette expédition, nous laissant dans
la plus horrible situation qu'on puisse imaginer. Vous-même, malgré ce
que vous avez souffert, ne pouvez comprendre parfaitement la douleur d'un
père et d'une mère qui voient devant
leurs yeux de chers enfans condam-
nés à périr de faim et de misère! Je
m'approchai de Marguerite, qui était
près de s'évanouir en regardant son
plus jeune enfant que la mort allait
prendre sans doute pour sa première

victime, et la serrai dans mes bras avec toutes les marques du plus profond désespoir, sans avoir le courage de lui parler. Elle me montra du doigt la mer, comme si elle m'eût invité à y chercher tous ensemble la fin de nos tourmens. L'excès de son affliction me rappela à moi-même.

— Chère amie, lui dis-je, tu as toujours soutenu mon courage dans tous nos périls, ne m'abandonne pas encore dans celui-ci. Quelque grand qu'il soit, il n'est pas au-dessus de la puissance divine ; implorons son secours.

Nous tombâmes tous à genoux ; notre prière fut accompagnée de nos larmes, mais elle remit le calme dans notre esprit. Nous cherchâmes aussitôt un abri au pied de la montagne pour y passer la nuit. La cascade nous fournissait de l'eau, et la mer quelques

mauvais coquillages dont nous vé-
cûmes ; mais déjà Christine n'en
voulait plus manger, et ce genre de
vie nous aurait bientôt réduits à périr de faiblesse si le Ciel ne vous eût
envoyé à notre secours. Nous n'aspi-
rons désormais qu'à retourner dans
notre patrie pour y reprendre nos
habitudes modestes et laborieuses ;
trop heureux si nous ne les eussions
jamais quittées !

~~~~~~

CHAPITRE XX.

De quelle manière George et la famille
suédoise parvinrent à sortir de l'île.

———

Cette histoire d'Hastendorff fut sui-
vie de réflexions qu'elle faisait naître naturellement dans notre esprit.
Nous demeurâmes d'accord que l'é-
tat le plus favorable au bonheur et à
la vertu est celui où les besoins étant
satisfaits, on ne s'aperçoit des bornes
étroites de sa fortune que dans les
désirs déréglés, et que ce frein est
presque toujours le plus solide appui
de la sagesse humaine. Cette situation était précisément la même dans

laquelle j'avais laissé ma famille à
mon départ : il n'avait tenu qu'à moi
d'en goûter les douceurs, mais je le
reconnaissais trop tard.

Je remerciai affectueusement le
Suédois du témoignage de confiance
qu'il venait de m'accorder, et le priai
de me regarder désormais comme
l'aîné de ses enfans, en l'assurant
qu'il trouverait toujours en moi une
soumission égale à la leur. Plus les
gens de bien se connaissent, plus ils
découvrent de motifs de s'estimer
réciproquement, et s'attachent les
uns aux autres. J'ose dire que ce fut
ce qui nous arriva, surtout lorsque
l'habitude de vivre ensemble et l'é-
tude que nous nous plaisions à en
faire, nous eurent donné la facilité
de converser en français et en suédois. Chacun de nous avait ses occupations. Marguerite, que ce soin

regardait naturellement, se chargea
de l'intérieur du ménage. C'était elle
qui conservait les provisions, qui
surveillait la basse-cour, recueillait
les œufs et faisait cuire les alimens.
Elle s'acquittait si habilement de son
emploi que nous étions tout étonnés
de ses procédés ingénieux, et de nous
trouver servis avec délicatesse et
abondance dans le sein de la disette
même. Son mari lui reprochait en
badinant de nous gâter par une sen-
sualité d'un nouveau genre. Eric et
Gustave, pour qui la chasse et la
pêche étaient des plaisirs très-vifs, se-
condaient parfaitement leur mère en
nous entretenant de poisson et de gibier, qu'ils prenaient dans des piéges
ou avec de la glu. Hastendorf et moi,
nous nous étions chargés de la partie
des fruits et des racines. Cette récolte, qui nous obligeait à de grandes

courses dans l'île, nous fournissant en
même temps l'occasion d'aller à la
découverte des vaisseaux, nous ne
passions guère de jour sans visiter
la côte, tantôt dans une partie, tantôt dans l'autre, ce qui nous rendit
bientôt intrépides marcheurs. Nous
construisîmes aussi un autre radeau
plus grand et plus solide que le premier, et le passage du lac, qui m'avait
d'abord paru un voyage important et
périlleux, ne devint plus pour nous
qu'un badinage. Deux ans s'écoulè-
rent néanmoins sans nous apporter
aucun fruit de notre activité et de
nos recherches: nul vaisseau n'approcha des parages de l'île pendant tout
ce temps-là, ce qui nous affligeait sin-
gulièrement, quoique je ne laissasse
pas de m'applaudir de l'adoucissement que la présence de mes chers
hôtes avait apporté dans ma situa-

tion. Nous nous aimions tous comme
si nous n'eussions été qu'une famille,
et notre plus grande joie était de nous
préparer mutuellement quelque surprise agréable. Marguerite avait une
voix charmante. Elle nous chantait
souvent des romances de son pays,
dont l'air et les paroles s'accordaient
d'une manière si touchante avec les
dispositions de nos cœurs, que nous
finissions presque toujours par verser
des larmes d'attendrissement. Elle en
savait une surtout que je me plaisais
à lui faire répéter : c'étaient les plaintes d'un exilé qui gémissait loin de
sa patrie. Quelquefois je prenais ma
clarinette et j'accompagnais sa voix,
ce qui formait un petit concert fort
agréable, surtout à l'oreille de pau-
vres solitaires tels que nous. Nous
nous réunissions ordinairement le
soir au bord du lac, dans quelque

site pittoresque, ou devant les palmiers de la colline. Là Hastendorf se
plaisait à nous donner une double
leçon de langue, dans de petits dialo-
gues moitié français, moitié suédois;
ou bien, prenant seul la parole, il
nous racontait quelque histoire, em-
ployant alternativement les deux dia-
lectes, et nous familiarisait ainsi avec
eux en excitant notre curiosité. Son
épouse terminait la séance par un
morceau de musique. Il me semble
voir encore cette femme intéressante,
le visage animé des tendres sentimens
qu'elle exprimait, souriant avec douceur à son petit enfant, qui, debout
et appuyé sur l'épaule de sa mère,
fixait sur elle ses grands yeux bleus.
Nous-mêmes, à peine osions-nous
respirer, tant nous étions émus.

Marguerite et ses enfans s'accou-
tumèrent si bien à cette vie, qu'ils

paraissaient peu impatiens de sortir
de cette île. Il est présumable cependant que la première n'était pas sans
inquiétude pour l'avenir, et qu'elle
partageait à cet égard les sentimens
de son époux; mais soit qu'elle atten-
dît avec plus de confiance et de rési-
gnation le secours de la Providence,
soit qu'ayant éprouvé auparavant les
plus cruelles angoisses, elle goûtât
mieux la douceur et la tranquillité
dont nous jouissions, on ne l'entendait jamais se plaindre de son sort.
Pour moi je ne pouvais me soumettre
au mien qu'en me flattant de quelque espérance. Le spectacle d'une
mère au milieu de ses enfans ne servait qu'à me rappeler plus vivement
la mienne, et à redoubler mon impatience de la revoir. Hastendorf de
son côté gémissait de voir sa famille
confinée dans ce lieu sauvage, où ses

fils perdaient leurs plus belles années.
La crainte de troubler le cœur de
Marguerite nous empêchait d'en parler en sa présence; mais dès que nous
étions seuls, nous n'avions point
d'autre sujet de conversation, et nous
nous épuisions à inventer quelque
moyen pour regagner le continent.
Nous ne pouvions le faire sans canot,
et la difficulté était de nous en procurer un, n'ayant ni planches ni outils pour en faire. Nous avions mis
souvent en question s'il ne nous serait pas possible de creuser un arbre
à la manière des sauvages, mais nous
n'en trouvions point d'assez gros pour
contenir six personnes, si ce n'était
le bahobad dans lequel nous étions
logés, et que nous ne savions comment abattre, à cause de son énorme
grosseur. D'ailleurs, si nous ne réus-
sissions point à nous en servir, nous

nous privions d'un abri solide contre les orages et les pluies, qu'il nous serait impossible de remplacer, cet arbre étant le seul de cette espèce qu'il y eût dans l'île. Un jour qu'il paraissait très-rêveur, Hastendorf me dit qu'il méditait un projet hardi.

— Vous voyez, poursuivit-il, que nous espérons en vain qu'un vaisseau paraisse. Selon toute apparence, cette île n'est point sur la route qu'ils suivent ordinairement, et nous ne pouvons être secourus que par un hasard, sur lequel il ne faut point compter. Il ne nous reste qu'à nous délivrer nous-mêmes, si nous ne vouvoulons périr ici.

— Oui, sans doute, lui répondis-je; mais quelle ressource avons-nous pour y parvenir? en est-il une que nous ayons négligée, et faisons-nous autre chose que de nous occuper de

ce projet? cependant nous ne savons
encore comment le mettre à exécution.

— George, me dit-il en me serrant
la main, je prétends me dévouer
pour ma famille et pour vous-même.
Nous réussirons aisément à creuser
un arbre sur lequel un homme seul
puisse s'embarquer ; il ne nous fau-
dra pour cela que du temps et de
la patience. Alors, guidé par ma
boussole, et surtout par la main de
Dieu, j'espère arriver à quelque établissement européen, ou rencontrer
quelque navire qui me donnera les
moyens de revenir vous enlever d'ici
avec ma femme et mes enfans.

Sa hardiesse m'étonna et m'effraya
en même temps. Je me jetai à son
cou fort attendri. Je lui dis que c'était
à moi de risquer ma vie pour notre
commun salut, et non à un père de

famille, dont l'existence intéressait si chèrement une épouse et des enfans encore jeunes.

— Non, reprit-il, mon cher George, vous n'avez pas l'expérience nécessaire pour une semblable entreprise; où ma perte n'est que douteuse la vôtre deviendrait certaine. Quant à ma vie, songez qu'elle ne sert à rien ici à ma famille, et que peut-être en la méprisant pour l'amour d'elle, je puis rendre mes enfans à la société. Lorsque je réfléchis que huit jours de navigation suffisent pour cela, les périls ne me paraissent pas dignes d'être comptés pour quelque chose. Je ne me flatte pas d'obtenir à cet égard le consentement de Marguerite, son amitié pour moi s'y opposerait; mais je me sens le courage de partir sans lui dire adieu, tant je désire la délivrer d'une vie si misérable.

Ce projet flattait trop mon inclination et mes espérances pour que
je le combattisse avec beaucoup d'ardeur. La confiance d'Hastendorf excitait la mienne, et le peu de con-
naissances que j'avais de la navigation
m'empêchait d'apprécier parfaitement les dangers qu'il allait courir.
Nous eûmes bientôt fait choix d'un
arbre qui nous parut facile à travailler, et d'une dimension favorable. Il
croissait sur les revers de la montagne, qui m'avait semblé impraticable
pendant que j'étais seul, et que, dans
la compagnie du Suédois, je franchis-
sais comme un chevreuil, tant la société d'un homme courageux donne
de l'audace au plus timide. Après
avoir coupé cet arbre, que nous fî-
mes rouler au bas de la montagne,
et qu'avec l'aide d'Eric et de Gustave
nous approchâmes assez près du ri-

vage pour pouvoir le mettre aisément
à flots lorsqu'il serait en état de servir, nous nous occupâmes tous de
le creuser. J'étais le seul instruit de
sa véritable destination ; les autres
croyaient qu'il ne devait être em-
ployé qu'à côtoyer l'île pour facili-
ter nos courses d'une partie à l'autre, selon ce que leur père avait jugé à propos de leur déclarer. Trois
mois nous suffirent pour construire
notre canot, qui se trouva aussi bien
fait que cela nous était possible. Plus
l'ouvrage s'avançait, plus j'avais de
peine à dissimuler ma tristesse et mon
inquiétude, qu'augmentait encore
la joie des jeunes Suédois, qui, n'a-
percevant dans ce canot qu'un nouvel
instrument de plaisir, étaient fort
impatiens de le voir lancer à la mer.
Ce moment arriva enfin. Hastendorf
ne voulut point différer de partir.

Nous équipâmes secrètement le canot, et après nous être fait de longs
et pénibles adieux , dans lesquels
Hastendorf me recommanda sa femme et ses enfans s'il venait à périr
dans son entreprise, je le vis s'abandonner courageusement à sa des-
tinée.

Il n'est point d'expression capable
de rendre assez énergiquement ce
que j'éprouvai en me séparant ainsi
d'un homme qui m'était devenu si
cher. Je men retournai à nos habitations plein d'une tristesse mortelle,
ne sachant comment me montrer aux
yeux de Marguerite , dont je redou-
tais et les reproches et la douleur. Je
m'assis au bord du lac pour reprendre un peu de courage , mais mon
cœur était si oppressé que des larmes
abondantes coulèrent aussitôt de mes
yeux. Eric m'ayant aperçu sans que

je le découvrisse, fut alarmé de me
voir seul et absorbé dans mon affliction. Il alla avertir sa mère de ce qui
se passait; elle accourut vers moi
toute tremblante, et je me trouvai
entouré de cette malheureuse famille
qui me demandait avec angoisse ce
que j'avais fait de son appui. Ma
consternation et mes pleurs exaltèrent
l'imagination de Marguerite; elle
jeta un grand cri en disant que son
époux était mort. Je ne fus pas fâché
de la voir outrepasser le but, espérant qu'elle en soutiendrait mieux
la vérité.

— Non, madame, lui répondis-je,
votre époux n'est pas mort, et nous
pouvons encore nous flatter de le revoir, si la Providence daigne lui tendre dans ses périls une main secou-
rable.

Et sans lui laisser le temps de

m'interrompre, je lui racontai le dessein audacieux qu'Hastendorf mettait alors en exécution , joignant à
ce récit les circonstances les plus
propres à la rassurer, ainsi que j'en
étais convenu avec le Suédois. Marguerite pleura amèrement en m'é-
coutant; elle se plaignit d'avoir été
cruellement trahie , par moi , par
son époux , et montra une douleur
dont mes consolations ni les caresses
de ses enfans ne purent triompher.
Cette infortunée eut bientôt de nouvelles raisons de s'alarmer. Un fu-
rieux orage s'éleva tout-à-coup , le
ciel s'obscurcit , de longs éclairs fen-
dirent la nue , le tonnerre retentit
d'une manière terrible, et tous les élémens parurent bouleversés. Renfer-
més dans l'intérieur du bahobab ,
nous étions tous à genoux, le visage
baigné de pleurs , et n'ayant devant

les yeux que le malheureux Hastendorf luttant seul dans un misérable
tronc d'arbre contre la violence de
l'Océan, ou plutôt le supposant déjà
englouti dans la profondeur des vagues.

La tempête se calma au point du
jour. Gustave, qui venait de sortir
pour examiner l'état du ciel, revint
précipitamment nous dire qu'on a-
percevait un feu allumé de l'autre
côté du lac. Nous sortîmes tous
pour nous en assurer par nos propres
yeux, et nous vîmes en effet une
flamme vive et brillante dans la direction de la forêt où nous avions
passé une nuit. Nous étions trop oc-
cupés d'Hastendorf pour ne pas songer à lui en ce moment, quoiqu'il n'y
eût guère d'apparence qu'il fût là,
puisqu'il s'était embarqué la veille
à l'heure de midi, et que l'orage ne

se déclara que le soir. Néanmoins,
comme il était probable que ce feu
n'avait pu s'allumer que par la main
des hommes, car il était trop peu
considérable pour être regardé comme un incendie, je résolus de monter sur le radeau et d'aller m'assurer
de la cause qui le produisait. Cette
résolution fut un nouveau sujet de
douleur pour Marguerite : elle me
représenta que ce signal cachait peut-
être quelque danger, que si je venais
à périr, elle et ses enfans demeure-
raient sans secours, au lieu qu'elle
comptait sur moi pour les protéger
lorsqu'elle ne serait plus. Je lui promis d'agir avec toute la prudence
qu'elle pouvait désirer, mais je la
forçai de convenir en même temps
que trop de pusillanimité n'était propre qu'à prolonger notre malheur.
Cette pauvre dame, qui avait donné

autrefois tant de preuves de courage,
était maintenant si abattue par l'absence de son époux , qu'elle eu perdait
toute son énergie. Je m'embarquai en
toute hâte, en repoussant les efforts de
Gustave qui voulait me suivre ou me
retenir. Dès le milieu du passage je
distinguai un homme qui m'appelait du geste et de la voix, et lorsque
je fus plus rapproché , je reconnus
dans cet homme Hastendorf lui-même. Avec quel transport je me jetai
dans ses bras !

— O mon ami ! m'écriai-je , quel
Dieu vous a rendu à notre amour !
Trop sensible Marguerite ! vos pleurs
vont donc être essuyés.

— Hâtons-nous de la rejoindre ,
me répliqua Hastendorf; j'erre depuis
hier au soir sur ce rivage, dans l'espérance de vous faire remarquer mon signal, mais sans doute les approches de

la tempête ne vous ont pas permis
de sortir.

Pendant la traversée, il me raconta
qu'en voulant doubler la pointe mé-
ridionale de l'île, il avait rencontré
un courant dont la violence menaçait
de l'emporter en pleine mer dans une
direction opposée à celle qu'il avait
besoin de suivre; qu'après d'inutiles
tentatives pour franchir cet obstacle
ou l'éluder en côtoyant de plus près
le rivage, remarquant que la mer
grossissait, il avait prudemment dé-
barqué, lorsqu'il en était temps encore. A peine fut-il à terre que l'ouragan commença et emmena son
canot, malgré les précautions qu'il
avait prises pour le fixer. Hastendorf,
désespéré d'une aventure qui lui en-
levait le fruit d'un long travail et
l'unique ressource qui lui restait
pour sortir de cette île, courait le

long du rivage, malgré la violence
de l'ouragan, pour tâcher d'apercevoir son canot et de s'assurer en quel
endroit il serait jeté par les vagues,
car les vents venaient de la mer. Un
autre objet arrêta ses regards. Il vit
une longue pirogue africaine flottant
au gré des vagues, le long des rives de l'île, tantôt enfoncée dans le
sable, tantôt rejetée en pleine mer.
Elle entra enfin dans une petite crique formée par une enceinte de rochers qui la mirent à l'abri du vent,
mais contre lesquels elle risquait
d'être brisée comme du verre. Hastendorf n'hésita point de se jeter à
l'eau pour la préserver de sa destruction. Il parvint à la pousser si avant
sur le sable qu'elle s'y enfonça et demeura immobile. Cette pirogue,
quoique fort grande, était d'une extrême légèreté, et l'endroit où elle se

trouvait se ressentait peu de la violence de la tempête.

— Il n'y a point à balancer, ajouta
Hastendorf en achevant ce récit, si
la pirogue ne nous a point été enlevée
par quelque nouvel accident, il faut
en profiter pour partir tous ensemble
de cette île.

J'entrai dans ce projet avec tant
d'ardeur que j'aurais voulu retourner sur-le-champ vers la pirogue,
mais il fallait aller consoler Marguerite. Le lecteur devinera aisément
tout ce qu'occasiona d'intéressant
le retour inattendu du Suédois au
milieu de sa famille. Ce ne fut pendant quelques instans qu'un mélange
de joie et de pleurs, de caresses et de
plaintes interrompues, puis on s'occupa du point important de notre
délivrance. Après avoir déjeuné à la
hâte, nous allâmes tous ensemble

examiner l'état de la pirogue. Elle
ne se trouva nullement endommagée,
et nous eûmes tout lieu de nous flatter qu'elle nous conduirait parfaitement au terme de notre voyage, si
nous étions assez heureux pour être
favorisés par un temps calme. Nous
rassemblâmes autant de provisions
qu'il nous en fallait pour un mois de
navigation, quoique nous ne dussions
en avoir besoin que pour huit ou dix
jours, selon le calcul d'Hastendorf;
et six années environ après mon arrivée dans cette île, j'en partis avec
la famille suédoise, non sans avoir
adressé au Ciel les vœux les plus ar-
dens pour l'heureuse issue de notre
entreprise.

~~~~~~~~~~~~~~~~~~~~~~~~~~~~~~~~~~

CHAPITRE XXI.

En quel endroit la Providence fit abor-
der George et ses compagnons de
voyage.

Il me serait difficile de me rendre
raison de ce qui se passait en moi, au
moment que je perdis de vue le rivage de mon île. J'éprouvais un sentiment confus mêlé de joie, de tristesse et d'inquiétude, qui me surpre-
nait moi-même. Le pouvoir de l'habitude est tel que je ne pouvais m'empêcher de jeter un coup-d'œil de regret sur une solitude où je venais de
passer les six plus belles années de
ma vie, quoique pendant tout ce
temps je n'eusse cessé de désirer d'en

sortir. Il est vrai aussi que nous
n'étions pas hors de danger, et que
l'incertitude de l'avenir favorisait
encore les avantages du passsé,
en me faisant craindre des maux
pires que ceux dont nous voulions
nous affranchir. Le ciel et la mer,
également sereins et tranquilles, ne
nous offrirent néanmoins pendant
six jours que des gages de sécurité :
un vent frais semblait nous conduire
de lui-même vers le continent que
nous cherchions. Nous entrâmes avec
la marée dans l'embouchure d'une
large rivière qui se jette dans le golfe
de Guinée, et que le Suédois prit pour
celle que les Portugais nommèrent
Formosa ou la Belle; mais il se trom-
pait : nous étions beaucoup plus au
sud-ouest, et nous ne découvrîmes
aucune apparence d'établissement
européen. Nous ne laissâmes point

néanmoins d'avancer, et même assez
rapidement, à cause de la marée qui
remontait fort avant dans le fleuve.
Un village composé de huttes ron-
des, qui s'étendaient sur le bord de
l'eau, frappa nos yeux en ce moment, et dans le temps que nous
délibérions pour savoir si nous ose-
rions y aborder, les habitans sortirent
de leurs maisons et nous examinèrent
en se parlant vivement les uns aux
autres. Plusieurs d'entre eux voyant
que nous hésitions à descendre à
terre, s'avancèrent en nous faisant
des signes qui nous parurent encou-
rageans. Les Suédois, qui connaissaient un dialecte nègre, prêtaient attentivement l'oreille pour tâcher d'entendre ce que disaient ceux-ci; mais le
bruit du fleuve et celui de tant de gens
parlant tous à-la-fois ne leur permirent
pas de recueillir un seul mot capable

de les éclairer. Nous prîmes cependant
la résolution de tenter l'aventure,
tant parce que nous ne savions que
devenir, que parce qu'on paraissait
nous inviter à la confiance ; mais à
peine fûmes-nous débarqués, qu'une
centaine de nègres se pressa autour
de nous, et que leurs physiono-
mies prirent aussitôt le caractère le
plus hostile. Ils nous accablèrent d'in-
jures et de menaces. Hastendorf,
quoiqu'il ne les comprît pas parfaitement, devina néanmoins qu'ils
nous reprochaient d'avoir tué plusieurs des leurs, et de nous être em-
parés de leur pirogue. Ce fut inutilement qu'il essaya de nous justifier
à cet égard : ils ne daignèrent pas
seulement l'écouter, et prirent la résolution de nous conduire à leur roi,
qui, ayant été autrefois esclave chez
les blancs, pourrait jouir de la dou-

ceur de se venger sur nous de l'injustice de ses maîtres. Nous nous re-
gardâmes dès-lors comme des gens
perdus sans ressources, connaissant
le caractère vindicatif des nègres et
le peu d'humanité avec lequel ils
sont ordinairement traités dans les
colonies. Hastendorf, qui se considérait comme la cause de cette nouvelle infortune, surmonta son propre
désespoir pour relever notre courage
abattu, et Marguerite elle-même,
quoiqu'elle eût la mort peinte dans
les yeux, exhortait ses enfans à mettre
en Dieu toute leur confiance.

Je pourrais me parer ici d'une force
d'âme capable d'inspirer à mon lecteur une haute opinion de mon esprit;
mais peu jaloux d'une estime usur-
pée, je conviendrai avec ma sincérité
ordinaire qu'un trouble insurmon-
table s'était emparé de mon imagi-

nation, qui ne me représentait que le trépas accompagné de tourmens épouvantables. C'est alors que tournant mes regards vers le passé, je regrettai amèrement mon île solitaire.

— O rives tranquilles de mon beau lac! me disais-je au fond de mon cœur, pourquoi vous ai-je abandonnées? Hélas! le désert le plus sauvage n'est-il pas préférable à la société des hommes barbares et inhumains au milieu desquels je me trouve? et ne devais-je pas me contenter des bienfaits dont la Providence me faisait si abondamment jouir?

La crainte d'augmenter les angoisses de mes amis m'empêchait d'exprimer tout haut ces désolantes pensées; mais ils les lisaient sur mon visage, ou plutôt elles leur venaient en ce moment aussi naturellement qu'à moi. Les nègres nous lièrent les mains derrière le dos, et nous ayant fait embarquer de nouveau, ils nous emmenèrent en remontant la rivière jusque dans la ville capitale du royaume.

Cette ville, bâtie en bois, occupait un amphithéâtre agréablement situé sur la rive gauche du fleuve, et présentait un ordre et une élégance inconnus dans ces royaumes grossiers. Le port était rempli d'un assez grand nombre de pirogues ; on en construisait même de nouvelles plus perfectionnées que les autres, ce que nous ne remarquâmes pas sans étoñnement, ainsi que l'air d'activité qui régnait parmi le peuple. Au centre de la ville, sur un plateau qui la dominait, s'élevait un édifice plus considérable que les autres, et environné d'une promenade plantée d'arbres, dont l'ombrage épais y entretenait

II.

la fraîcheur; c'était là le palais du
roi. Amenés en sa présence comme de
vils criminels, nous le trouvâmes sous
les arbres, assis entre un homme et
une femme vénérables, et donnant
ses ordres à quelques officiers. Il nous
regarda d'un air qui n'avait rien de
farouche; mais à peine l'eus-je envi-
sagé avec attention, que je reconnus
en lui ce jeune nègre dont l'histoire
m'avait si fort intéressé, et qui se
trouvait passager comme moi sur le
vaisseau destiné pour l'Ile-de-France.
Une vive espérance succédant tout-à-
coup à mes alarmes, je tendis les
mains vers lui en m'écriant :

— Si mes yeux ne me trompent
point, si vous êtes ce même Hiacynthe que son courage fit triompher de
la tempête, reconnaissez en moi ce
malheureux George Kernilis abandonné sur le vaisseau français, et

délivrez-moi, ainsi que mes compagnons d'infortune, du nouveau péril qui nous menace.

Mon émotion devint si forte que ma voix s'éteignit dans les pleurs. Hiacynthe s'avança vers moi pour m'embrasser, détacha lui-même mes liens, et nous assura que nous étions parfaitement en sûreté dans son royaume. Pendant ce temps-là, ses officiers rendaient aussi la liberté à la famille suédoise, et les deux personnes vénérables assises à ses côtés, qu'il nous présenta comme son père et sa mère, Maguma et Vhakiré, nous firent de leur côté beaucoup de caresses. Sa mère s'occupa particulièrement de Marguerite, qui ne put supporter sans s'évanouir le passage subit de l'excès de la crainte à la sécurité ; elle la fit porter par ses femmes dans une chambre du palais, où nous eûmes tous la permission de la suivre.

Cependant ceux qui nous avaient amenés, fort étonnés de ce bon accueil, murmuraient contre le prince. Ils n'étaient animés contre nous que parce qu'ils nous regardaient comme des brigands qui avaient massacré leurs frères pour s'emparer de leur pirogue. Hiacynthe ayant écouté leurs griefs, n'eut pas de peine à les dissuader d'une erreur qui avait pensé nous devenir funeste, et les nègres, satisfaits des raisons qu'il leur donna, s'en retournèrent paisiblement dans leur village.

Hiacynthe m'ayant tiré à l'écart, me demanda alors comment j'avais échappé au naufrage de notre vaisseau, et par quel événement je me trouvais en Afrique avec cette famille suédoise. Je m'empressai de le satis-

faire. Il écouta mon récit avec autant
d'intérêt que de curiosité, et prenant
à son tour la parole, il me raconta
obligeamment ce qui lui était arrivé
depuis notre séparation, dans les termes que le lecteur peut lire dans le
chapitre suivant.

~~~~~~~~~~~~~~~~~~~~~~~~~~~~~~~~~~~~~

CHAPITRE XXII.

Suite des aventures du nègre Hiacynthe.

———

Je ne doute point, mon cher George, me dit-il, que vous n'ayez été frappé d'étonnement en me retrouvant à la tête d'un royaume, moi qui, à peine affranchi de l'esclavage, ne retournais à l'Ile-de-France que pour y perdre de nouveau ma liberté, seul prix auquel je pusse racheter mes malheureux parens. L'horrible tempête qui nous assaillit pensa rendre ce dessein inutile, en m'ensevelissant dans les abîmes de la mer, et je puis vous assurer que la mort me parut moins cruelle que la pensée du triste

état dans lequel je laissais sans consolations deux personnes si chères.
Mon existence ne me touchant qu'autant qu'elle pouvait leur être utile,
je ne balançai pas à l'exposer courageusement pour me sauver d'une
perte certaine, et vous fûtes témoin
de la hardiesse avec laquelle je me
jetai à la mer pour aller rejoindre les
canots. Ceux qui les montaient n'osè-
rent se montrer plus impitoyables
que les vagues elles-mêmes, et me
reçurent à bord. Je ne vous détaillerai
point les craintes et les souffrances
auxquelles nous fûmes en proie pendant quinze jours de navigation ; les
maux que vous avez éprouvés vous
donneront une idée de ceux qui nous
accablèrent dans une situation à peu
près semblable : mais ce que vous
n'aviez point à supporter, c'étaient
les violences et les querelles d'une

troupe de gens grossiers, qui, sus-
pendus entre la vie et la mort, ne son-
geaient néanmoins qu'à s'enivrer, à
piller les vivres, et qui, n'écoutant ni
raisons ni remontrances, n'y répon-
daient que par d'horribles menaces.
Ils en vinrent même jusqu'à s'égorger
les uns les autres. De quarante personnes que nous étions dans la chaloupe, il n'en débarqua que quinze
sur cette terre ; et quant à l'autre
canot, j'ignore ce qu'il est devenu.
A peine eûmes-nous touché le bord,
qu'impatient de me séparer de ces
bandits, plus à craindre pour moi
que les animaux féroces, je me hâtai
de m'échapper à la faveur de la nuit
qui régnait en ce moment. Lorsque
je me crus assez loin pour qu'ils ne
pussent me retrouver, je m'assis au
pied d'un arbre pour prendre un peu
de repos. Déjà mes yeux commen-

çaient à s'appesantir, des rugissemens
affreux me réveillèrent tout-à-coup,
c'étaient ceux d'un lion. Saisi d'une
nouvelle frayeur, je grimpai rapidement au sommet de l'arbre au pied
duquel j'étais assis, et je vis passer à
mes pieds le terrible animal, qui,
averti par son odorat, rôda toute la
nuit dans mon voisinage. Il se retira
cependant au lever du soleil ; mais
n'étant pas encore bien remis de la
frayeur que j'avais eue, je n'osais des-
dre de l'arbre, d'autant plus qu'ils
étaient rares en cet endroit, et que je
n'aurais trouvé aucun refuge si le lion
m'eût assailli une seconde fois. J'étais
dans cette cruelle anxiété, quand une
troupe de nègres armés de flèches,
les uns à pied, les autres montés sur
des éléphans, se répandit dans la
plaine pour chasser ce même lion,
dont l'aspect m'avait justement épou-

vanté, et qui avait fait beaucoup de mal
parmi eux, comme ils me l'apprirent
par la suite. A la vue de ces hommes
d'une couleur semblable à la mienne,
je sentis naître en moi une joie et une
confiance sans bornes. Je descendis
de l'arbre en courant à eux les bras
ouverts.

— O mes frères! m'écriai-je sans
penser qu'ils ne comprenaient point
mon langage européen, mes frères,
recevez-moi parmi vous.

Les noirs auxquels je m'adressai
me regardèrent avec une extrême surprise, et me montrèrent leur chef qui
était monté sur un éléphant de belle
taille. Ce chef me considéra avec encore plus d'attention, et dit aux siens
qu'il fallait me secourir, puisque je
paraissais implorer leur assistance. Je
reconnus l'idiome de mon père et de
ma mère que j'avais parlé moi-même

dans mon enfance, et j'eus d'abord
la pensée que peut-être je me trouvais dans leur pays natal. Cependant
je ne laissai rien paraître du sentiment
qui m'agitait, n'ignorant point que
plusieurs peuplades ont un langage
commun; mais que de même que
les blancs, ces peuplades ne laissent
pas de se haïr et de se faire fréquemment la guerre. Je feignis donc de ne
pas comprendre ces Nègres, jusqu'à
ce que je les connusse mieux. La
chasse se continua, et lorsqu'on eut
tué le lion, le chef, dont les regards
semblaient ne pouvoir se détacher de
moi, me fit signe de m'asseoir près
de lui sur son éléphant. Dès qu'il
m'eut à sa portée, il redoubla ses at-
tentions et ses caresses d'une manière
si tendre que j'en fus fort étonné. Ar-
rivés à ce palais, qui était alors le sien,
il me présenta à sa sœur en lui disant :

— Regarde ce jeune homme et dis-moi s'il ne te semble pas revoir notre malheureux frère Maguma, tel qu'il était lorsque nos ennemis le ravirent à notre tendresse et le vendirent aux blancs avec la belle Vhakiré son épouse.

Ce que j'éprouvai en entendant ces paroles qui m'apprenaient que j'avais devant les yeux mes plus proches parens, ne me laissa pas le loisir d'écouter la réponse de celle à qui on les adressait. Je me jetai tout éperdu entre les bras du prince nègre.

— Où suis-je! m'écriai-je en pleurant de joie, Dieu m'aurait-il conduit en effet dans le pays de mes aïeux, ma seule véritable patrie! Ah! croyez-en le rapport de vos yeux, oui, vous revoyez en moi votre cher frère, puisque je suis le fils de Maguma et de Vhakiré.

Je peindrais difficilement la surprise du frère et de la sœur en m'entendant m'exprimer dans leur langue et leur déclarer des choses si inattendues. Ils m'adressèrent plusieurs questions pour s'assurer que je ne leur en imposais point. Heureusement mes parens m'avaient entretenu tant de fois de leur pays et de leur parentée, que j'étais fort en état de les satisfaire. Dès qu'ils ne purent plus douter que je ne fusse leur neveu, ils me prodiguèrent à l'envi mille caresses, et se hâtèrent de répandre cette nouvelle dans tout le royaume, qui à la vérité n'est pas fort étendu. Tous ceux qui avaient connu mon père et son épouse accoururent pour me voir et me parler d'eux, et je remarquai que chacun en conservait un souvenir fort tendre.

Je ne vous cacherai point, George,

combien je me sentis heureux et touché de tant de marques de bienveillance, dont je me vis l'objet au milieu
de ma patrie, et à quel point je me
trouvai flatté d'appartenir de si près
au chef de cette nation, quelque peu
importante et civilisée qu'elle fût.
D'ailleurs ses mœurs n'avaient rien
de féroce ; je jugeai même qu'on les
policerait aisément, et mon oncle
m'avait fait plusieurs fois pressentir
qu'il me laisserait en mourant sa couronne, n'ayant point d'héritiers pré-
somptifs ; mais ni la faveur dont je
jouissais, ni cette espérance, ne pouvaient me faire oublier le sort de mes
parens et le dessein pour lequel je
m'étais embarqué. Je le déclarai franchement à mon oncle, qui en éprouva
une vive douleur.

Il me parla alors ouvertement de
son projet de me faire succéder à sa

couronne, et même de m'associer
avec lui au gouvernement, se flattant
sans doute par-là de me retenir plus
sûrement. Il ajóuta que si je partais,
il n'espérait plus me revoir, tant à
cause de son grand âge, que parce que
les Européens me retiendraient dans
l'esclavage. Ces paroles, accompa-
gnées de larmes et de démonstrations
affectueuses, me touchèrent profondément, mais elles ne purent me faire
renoncer à ma résolution. Mon oncle
la voyant inébranlable, me donna au
moins toutes les ressources qui dépendaient de lui pour en assurer le
succès. Il me fit conduire dans le
royaume de Benin, dont le peuple
fait un grand commerce avec les Européens, et me chargea d'autant d'or
que je pus en emporter, espérant avec
raison que ce précieux métal me servirait à me racheter avec mes parens

Je promis à cet homme généreux de
faire tous mes efforts pour revenir
avec mon père et ma mère profiter
des bontés qu'il me témoignait.

Je n'espérais guère trouver un vaisseau qui me conduisît directement à
l'Ile-de-France, mais je comptais
pouvoir gagner le cap de Bonne-Espérance, où les Hollandais ont une
colonie, et de là me rendre ensuite
facilement à ma destination. La Providence me réservait un plus grand
bonheur. Un navire français mouil-
lait dans la rivière de Benin, et lorsque je m'y rendis pour parler au ca-
pitaine, la première personne que
je rencontrai fut mon jeune maître,
M. Pascal. Je voulus me jeter à ses
pieds ; il me retint dans ses bras avec
une joie d'autant plus vive qu'il me
croyait enseveli sous les vagues avec
notre vaisseau. A peine lui eus-je fait

le récit de mes aventures, qu'il me
félicita de mon sort et de la prochaine grandeur qui m'attendait, en
y ajoutant des éloges que mon amitié
pour lui me rendaient bien flatteurs,
mais qui seraient déplacés dans ma
bouche.

— La seule chose qui m'afflige,
continua-t-il, c'est de penser que
nous allons vivre désormais séparés
l'un de l'autre ; mais comme je te
porte une affection sincère, l'idée de
ton bonheur et de ta gloire me con-
solera de ton absence. Apprends, au
reste, que tu n'as plus rien à redouter
de mon frère. Sa dureté envers ses
esclaves vient de causer sa mort; un
d'eux a porté le désespoir de la ven-
geance jusqu'à le poignarder dans
son lit. Héritier de tous ses biens, je
n'ai pas besoin de te dire dans quelles
dispositions je me sens à l'égard de

ton père et de ta mère ; ils méritent
ma reconnaissance par leur fidélité
envers ma famille , par les services
qu'ils ont rendus à mon père, et surtout par le présent qu'ils m'ont fait
d'un ami tel que toi. Mon premier
acte d'autorité, dans la colonie, sera
de les déclarer libres aussi-bien que
leur fils.

Quoique je n'en attendisse pas moins
du meilleur des hommes , cette nouvelle marque de son amitié me pé-
nétra si vivement qu'il me fut d'a-
bord impossible de lui exprimer ce
que je sentais , et lorsque j'essayai de
le faire, je m'indignai de ne trouver aucune parole capable de lui faire connaître l'excès de ma reconnaissance.
J'aurais souhaité de prodiguer ma vie
à son service. Nous arrivâmes heureusement à l'Ile-de-France, où j'eus enfin
la douceur d'embrasser mes chers pa-

rens. Hélas! leur visage conservait
encore les traces de la douleur et des
rudes travaux dont un barbare les
avait accablés pendant mon absence.
Ils reçurent avec de vifs transports
de joie les nouvelles que je leur
apportais, et me pressèrent de les
emmener au plus vite dans leur patrie, qu'ils n'avaient jamais cessé de
regretter. M. Pascal, dont l'intention
était de faire le commerce, arma un
vaisseau à ses frais, et l'envoya en
France, chargé de denrées de la colonie pour y être échangées contre
des marchandises d'Europe. Nous en
profitâmes pour nous rendre dans ce
royaume. Je ne tenterai point de vous
décrire la scène touchante qui se
passa alors entre Maguma, Vhakiré
et le reste de ma famille; votre imagination vous la représentera mieux
que mes discours. Que ne devaient

pas éprouver en effet deux infortunés enlevés violemment de leur pays, réduits à l'esclavage pendant vingt-cinq ans, durant lesquels ils avaient perdu toute espérance de se revoir jamais libres, et qui se trouvent transportés tout-à-coup au milieu de leurs amis et de leurs parens ! Un si grand changement les jetait dans l'ivresse du bonheur, et ils ressemblèrent long-temps à des insensés. Nous apprîmes à nos frères à bénir le nom du généreux Pascal, et à l'excepter d'une loi qui repoussait les Européens de nos rivages. Quelques violences exercées par ceux-ci, il y avait peut-être un siècle, avaient fait prendre la résolution de n'avoir aucun commerce avec eux, et cette clause était expressément jurée par le monarque à son avènement au trône. Cette réserve a son bien et son mal, car si d'un côté

elle assure l'indépendance de ce petit
état , de l'autre elle retarde considé-
rablement sa civilisation. Le vaisseau
de M. Pascal , ainsi que je viens de le
dire, fut excepté de cette prohibi-
tion ; nous lui donnâmes de l'or et de
l'ivoire pour des grains et des outils
d'agriculture, dont j'enseignai l'u-
sage à ce peuple, et nous convînmes
de continuer ce commerce par la
suite. Deux ans après notre arrivée,
mon oncle mourut en me désignant
pour son successeur. J'offris à mon
père la couronne, ou au moins de la
partager avec moi; il me pria de le
laisser finir tranquillement ses jours,
le repos lui paraissant préférable à
tout le reste. Pour moi, je me suis
appliqué, autant que mon intelligence me le permettait, à faire le
bonheur de ce royaume en le maintenant en paix au dehors et en établis-

sant au dedans des lois simples et utiles. J'ai profité de nos relations avec mon ami pour y répandre quelques-unes de ces inventions qui font tant d'honneur aux blancs, dont elles rendent la vie plus agréable et plus commode; mais je me suis bien gardé d'y introduire le luxe, dont les effets ne tendent qu'à corrompre les hommes. Tel fut le récit d'Hyacinthe. Je ne pus m'empêcher de reconnaître que Dieu l'avait puissamment protégé au milieu de ses infortunes, et de convenir que sa piété filiale le méritait. Je lui dis en soupirant que je n'aspirais qu'à retourner aussi dans ma famille, et à consacrer à ma mère le reste de mes jours, si j'avais le bonheur de la revoir encore. Il me répliqua que le plus sûr était d'attendre le passage du navire marchand de Pascal, qui, en se rendant de l'Ile-de-France en

Europe, viendrait s'approvisionner
d'ivoire et de poudre d'or, et que
je pourrais m'y embarquer pour la
France. C'était effectivement l'occasion la plus favorable que je pusse
rencontrer. Cependant je l'attendis
inutilement : une tempête avait empêché le vaisseau d'entrer dans la rivière à son premier passage, et lorsque nous le vîmes, il arrivait du port
de Bordeaux. Je me sentis mortifié
d'un contre-temps qui retardait ma
réunion à ma famille; mais puisque
les choses s'arrangeaient ainsi, je pris
le parti de continuer mon voyage et
de me rendre auprès de mon oncle,
bien décidé à n'y demeurer que peu
de temps. De son côté, Hastendorf,
comblé des bienfaits d'Hyacinthe,
partit avec sa famille pour le royaume
de Benin, où il apprit qu'on attendait un vaisseau suédois arrivant des

Indes orientales , et comme je n'ai
point eu occasion de le revoir, je di-
rai de suite au lecteur qui a pu s'in-
téresser à ces personnes , qu'elles re-
gagnèrent heureusement leur pays ,
et retrouvèrent dans le sein d'une vie
champêtre les douceurs dont elles
regrettaient si amèrement la perte. Ce
ne fut pas sans verser beaucoup de
pleurs que nous nous séparâmes les
uns des autres. Les malheurs que
nous avions éprouvés ensemble formaient entre nos cœurs des liens in-
dissolubles, et depuis long-temps
nous étions accoutumés à nous regarder comme parens.

~~~~~~~~~~~~~~~~~~~~~~~~~~~~~~~~~~~~~

CHAPITRE XXIII.

Quelles personnes George rencontra à l'Ile-de-France.

———

Je ne me vis point une seconde fois à la merci d'un élément qui m'avait été si funeste, sans me sentir saisir d'effroi, et sans m'écrier en moi-même avec le poète de Tibur :

« Il fallait que le chêne le plus dur, » qu'un triple airain environnât le » cœur de celui qui , le premier, osa » braver sur un frêle navire le cour- » roux de la mer. »

Nous eûmes quelque peine à doubler le cap de Bonne-Espérance, passage si dangereux qu'on le nomma

II.   18

d'abord le cap des Tourmentes ; mais
de là à l'Ile-de-France, notre traversée s'acheva en peu de jours. L'obli-
gation que je me suis imposée de rendre compte au lecteur de mes moindres sentimens, exige que je lui dé-
couvre ici que, malgré les sévères
leçons de la Providence, l'exemple
d'Hastendorf et le fruit de mes propres réflexions, un reste d'ambition
se réveilla dans mon cœur lorsque
me trouvai sur cette terre où je croyais
être appelé par la fortune. Les espérances dont je me flattais autrefois se
présentèrent de nouveau à mon imagination ; nos malheurs me parurent
propres à augmenter l'intérêt que
mon oncle me portait déjà, et je com-
mençais à être moins impatient de
revoir ma famille et mon pays. Je
me demandai à quoi me servirait d'a-
voir entrepris un si long voyage ; ac-

compagné de tant de périls, si je m'en
retournais sottement sans jouir d'aucun avantage, au risque de mécontenter un parent qui me voulait du
bien. Je connaissais-le courage de ma
mère , son zèle pour l'intérêt de ses
enfans, et je m'assurais d'avance qu'il
me suffirait de lui écrire régulièrement pour la consoler de mon absence. C'est ainsi que je m'abusais
moi-même, et que je cherchais à ex-
cuser mon ambition. Je descendis à
terre plein de ces idées, regardant
ce pays du même œil que les Israélites
considéraient la terre promise.

M. Pascal, pour qui j'avais une
lettre d'Hyacinthe, et qui demeurait
au port Louis , me reçut avec une
extrême honnêteté, et parut fort disposé à me rendre toute espèce de
services. Il avait entendu parler de
mon oncle comme d'un habile chi--

rurgien, mais il ne le connaissait pas,
et se trouvait même fort éloigné du
quartier de Moka, dans lequel mon
oncle avait ses possessions. M. Pascal
me promit de m'y faire conduire. Durant les deux jours que je passai dans
la maison de ce négociant, Hyacinthe
fut le sujet de tous nos entretiens ;
car si le prince nègre conservait une
vive affection pour son ancien maître,
celui-ci ne paraissait pas non plus
disposé à l'oublier. Tout étant prêt
pour mon voyage dans l'intérieur de
l'île, je partis à cheval, accompagné
de deux nègres. La nature, inépuisa-
ble dans ses riches peintures, me
présenta dans cette route mille ta-
bleaux admirables, malgré que mes
yeux fussent accoutumés aux superbes paysages de mon île, et je ne
pouvais assez m'étonner de la trouver
partout si variée, quoiqu'elle em-

ployât toujours à peu près les mêmes
couleurs. Nous parvînmes dans une
plaine couverte de plantations de
café et d'habitations qui en dépendaient; c'était là que mon oncle devait avoir ses propriétés, et l'aspect
de cette contrée fertile redoubla encore mon empressement de le rencontrer. Aussi n'appris-je qu'avec une
extrême consternation que M. Albin
était mort depuis environ sept mois.
Cette nouvelle, qui renversait toutes
mes espérances, me découragea
tellement, qu'à peine j'eus la présence d'esprit de demander comment
il avait disposé de sa fortune; mais
la personne à laquelle je m'adressai,
peu instruite de cette affaire, me ren-
voya à un des parens de la femme
de M. Albin, qui demeurait actuel-
lement dans sa principale habitation,
circonstance, au reste, qui en me fai-

sant supposer que ce parent était son héritier, m'inspirait peu d'envie de le connaître. Cependant je ne pus résister à la curiosité que j'éprouvais, je me rendis chez ce colon. Je trouvai un homme grossier, chagrin, qui dès les premiers mots m'interrompit pour apostropher indignement la mémoire de mon pauvre oncle et celle de son épouse.

— J'ignore, me dit-il (car je n'avais pas jugé à propos de me faire connaître) quel intérêt vous pouvez prendre à cet Albin, mais je vous avertis que je ne saurais prononcer son nom sans colère. Il séduisit, en arrivant dans cette île, une veuve riche et imbécille, qui était la propre sœur de mon père. Cette vieille folle l'épousa, quoiqu'elle eût dix ans de plus que lui : passe encore pour cela; je lui pardonnerais cette extravagance, si elle n'y avait

joint celle de lui donner tous ses
biens par contrats. Maintenant qu'ils
sont morts l'un et l'autre, nous avons
le déplaisir de voir passer leur héritage entre les mains de ces Albin, que
nous haïssons justement et voudrions
voir engloutis au fond de la mer. Cette
maison où je demeure, j'ai été obligé
de l'acheter des mains de ces étrangers, que le Ciel confonde ! Nos gou-
verneurs feraient sagement de réprimer de pareils abus, et de fermer
nos ports à tous ces affamés d'Europe
qui ne viennent ici que pour s'enrichir à nos dépens.

Ce parent déshérité en aurait dit
sans doute davantage, si je ne l'eusse
interrompu pour lui demander où
je pourrais rencontrer celui qui était
chargé des affaires des héritiers de
M. Albin. Soit qu'il me soupçonnât
de cette famille ou que sa mauvaise

humeur redoublât, il me répliqua brusquement, en me regardant de travers, qu'il avait terminé avec eux tout ce qui le concernait, et que j'allasse m'en informer *au diable*. Piqué de son impolitesse, je lui repartis assez vivement que la manière dont il me recevait me laissait soupçonner que Mme Albin en le déshéritant n'avait fait que lui rendre justice, et, sans attendre sa réponse, je sortis de chez lui presqu'aussi mécontent que lui-même J'eus bientôt oublié ce léger désagrément pour ne m'occuper que de la reconnaissance que je devais au défunt. L'incertitude où il était de mon sort l'avait sans doute empêché de me déclarer son principal héritier, et sa fortune répartie entre nous me forçait à rabattre de mes prétentions ; mais si je me laissais subjuguer aisément par les séductions de la prospérité, je savais profiter du moins des contre-temps de la fortune, en revenant à des idées plus raisonnables. Il ne s'agissait plus maintenant que de découvrir la personne chargée de nos intérêts, ce que j'espérais faire aisément de retour au port Louis.

En approchant de la Montagne-Longue, nous fûmes surpris par un de ces ouragans si communs à l'Ile-de-France, et contraints de chercher une retraite dans une caverne assez profonde. La tempête ne dura qu'une demi-heure, et quoique les noirs m'assurassent qu'elle n'était presque rien, je la trouvai aussi terrible que celles que j'avais éprouvées dans mon île. Nous étions sur le point de sortir de la caverne lorsque nous vîmes paraître à l'entrée deux hommes qui

conduisaient un jeune garçon d'environ quinze ans, dont les bras gar-
rottés et le visage noyé de larmes
témoignaient assez qu'il ne les accompagnait pas volontairement. Je
fis signe à mes noirs de se tenir en
silence, mon dessein étant de profiter
des ténèbres qui nous cachaient pour
m'assurer de l'intention de ces personnes, fort disposé à prendre le
parti que l'humanité me conseille-
rait.

— Arrêtons-nous ici, dit l'un de ces
hommes, ce lieu est très-propre à
ce que nous avons résolu de faire.
Approchez de moi ce traître que je
lui évite la peine de retourner d'où
il vient avec notre or et notre argent.

La fureur peinte dans les yeux du
barbare ne me laissait aucun doute

sur le crime qu'il méditait. Déjà mes
pistolets à la main je volais au secours de la victime, lorsqu'elle prit
elle - même la parole et se jeta aux
pieds de son bourreau.

— Que vous ai-je fait? s'écria-t-
elle, et pourquoi m'ôteriez-vous la
vie? de quoi pouvez-vous m'accuser?

— Penses-tu, reprit l'assassin,
que nous te laissions jouir paisiblement de notre dépouille, toi qui es
venu nous enlever un héritage qui
nous appartenait de droit?

— Hélas! continua l'enfant, je
n'ai point demandé cet héritage que
vous me reprochez, je n'en puis
avoir même qu'une portion, et ma
mort ne changera rien au testament
qui vous déshérite.

— Je me serai vengé du moins,
poursuivit le scélérat; je forcerai ta

famille à pleurer ta perte, puisque je ne puis avoir la consolation de la traiter comme toi.

Le mouvement dont il accompagna ces dernières paroles ne me permit pas de balancer plus long-temps: je tirai un coup de pistolet à celui qui, s'étant emparé du jeune homme, cherchait à le percer d'un poignard; il tomba sans vie à mes pieds, son compagnon prit la fuite, et je ne m'occupai plus que de secourir le jeune étranger, que sa frayeur avait fait évanouir. Il ne revint à lui que pour me témoigner sa reconnaissance dans les termes les plus touchans. Son visage, le son de sa voix et les discours qu'on lui avait tenus, me donnaient des soupçons que je me hâtai de vérifier en lui demandant son nom. Quelque chose m'avertissait

que nous n'étions point étrangers.
Je ne me trompais pas, c'était mon
frère, Augustin Kernilis, que je te-
nais entre mes bras.

— O jour deux fois heureux! m'é-
criai-je avec transport, jour où j'ai
le bonheur d'embrasser mon frère
après lui avoir sauvé la vie, tu me
payes amplement de ce que j'ai souffert!

Augustin me reconnut à son tour
et me combla de ses caresses. Nous
nous adressions mutuellement une
foule de questions, auxquelles notre
joie mêlée de trouble nous empêchait
de répondre, et ce ne fut qu'au bout
de quelques instans que nous parvînmes à la maîtriser. Je sentis le
premier notre imprudence de demeurer en cet endroit écarté, près
d'un homme mort, au risque de nous.

voir poursuivis par la justice, quoique nous n'eussions fait que nous défendre. Je remontai à cheval, mon frère se mit en croupe derrière moi, et me raconta en cheminant ce qui avait donné lieu à sa funeste aventure. Il était venu à l'Ile-de-France avec M. Prior, que ma mère avait chargé de recueillir la succession de son frère. Ils avaient éprouvé beaucoup de tracasseries de la part des parens déshérités, qui, ne pouvant faire casser le testament, se livrèrent à des violences qu'ils poussèrent jusqu'à attenter aux jours de mon frère. Je lui demandai comment, ayant déjà eu tant de preuves de leur haine et de malice, il avait eu la témérité de se livrer entre leurs mains. Augustin me répondit en rougissant qu'ils lui avaient tendu un piége. Sa rougeur

et la manière dont il baissa les yeux
à ces paroles, ce que je vis fort bien,
me tenant à demi-tourné sur la selle
afin que nous pussions causer ensemble plus commodément, me don-
nèrent à penser que mon jeune frère
n'était pas tout-à-fait exempt de reproches. En effet, pressé par mes
questions, il m'avoua qu'ayant fait
la connaissance d'une jeune négresse
qu'il allait voir malgré les défenses
de M. Prior, c'était par le moyen de
cette fille que ces méchans l'avaient
enlevé. Cet aveu me fournit l'occasion
d'adresser à Augustin une petite leçon de morale qu'il reçut avec doci-
lité. Je le fis convenir que l'intérêt
de la jeunesse est de s'en rapporter à
l'expérience de ceux qui l'aiment et
qui sont chargés de la diriger, qu'elle
ne fait que des sottises en n'écou-

tant que ses propres conseils, et enfin que ses plus petites fautes sont presque toujours suivies de très-grands maux.

CHAPITRE XXIV et dernier.

George retourne dans sa patrie.

———

L'idée de revoir ce bon M. Prior, ce digne ami de ma famille, m'agitait vivement en mettant pied à terre à la porte de sa maison. Nous mon-tâmes rapidement l'escalier. Au bruit de nos pas le vieillard, dévoré d'in-quiétudes, ouvrit la porte de sa cham-bre et reçut Augustin entre ses bras.

— Mon bon ami ! s'écria le jeune homme, j'ai fait une imprudence qui a failli me coûter la vie ; mais vous me la pardonnerez en faveur de l'heureuse nouvelle que je vais

vous apprendre. Regardez ce personnage, ajouta-t-il en me prenant par
la main, ne vous rappelle-t-il aucun
souvenir?

M. Prior, surpris de ces paroles,
jeta les yeux sur moi, et me voyant
le visage baigné de larmes, il me devina plutôt qu'il ne me reconnut.

— Serais-ce vous, mon cher enfant? s'écria-t-il. Aurais-je le bonheur de ramener George entre les
bras de sa mère?

— Oui, lui répondis-je, je suis
le malheureux George..... Que dis-
je! il n'y a point d'homme plus for-
tuné qu moi, puisque je vous re-
trouve, contre toute espérance.

— Ah, mon ami! reprit le digne
vieillard en soupirant, que vous
avez coûté de larmes à votre mère!
Se peut-il que depuis sept ans que

vous êtes parti elle n'ait pu recevoir une seule fois de vos nouvelles !

Ces paroles, prononcées du ton du reproche, me percèrent le cœur.

— Suis-je donc si peu connu d'elle et de vous, lui répliquai-je, que j'aie besoin de me justifier à cet égard? N'était-il pas plus naturel d'attribuer mon silence à des événemens extraordinaires, auxquels les voyages sur mer n'exposent que trop fréquemment, que de m'accuser d'une si coupable négligence? Non, monsieur Prior, il ne m'a pas été possible de vous écrire ; j'ai passé presque tout le temps que vous dites dans un lieu séparé du reste de la terre, et j'y serais mort sans doute sans un miracle de la Providence.

M. Prior m'embrassa affectueusement en me témoignant combien ma

sensibilité lui donnait bonne opinion
de mon cœur. Il ajouta que, dans
des circonstances où toute la péné-
tration humaine se trouve en défaut,
il n'est pas rare de se jeter quelquefois dans des suppositions injustes,
mais que je devais les pardonner à
son vif attachement pour ma famille.
Il est vrai que cet homme respectable nous portait l'affection d'un père,
et il l'avait bien prouvé en entrepre-
nant à son âge le voyage de l'Ile-de-
France pour y soutenir nos intérêts.
Mon oncle, persuadé, ainsi que tout
le monde, que je n'existais plus, avait
fait sa sœur héritière de tous ses
biens.

Nous ne demeurâmes pas long-
temps à l'Ile-de-France. Un vaisseau
qui mettait à la voile pour le port
de Bordeaux nous reçut à son bord, et

après environ sept années d'absence
et de revers, j'eus enfin la douceur
de me retrouver sur le sol de ma patrie. Plus on approche du but de
ses désirs, plus l'impatience de les
satisfaire augmente. Le chemin qu'il
me fallut faire par terre pour me
rendre dans ma ville natale me parut plus long que la traversée même.
A mesure que j'approchais, des transports d'amour et de joie oppressaient
tellement mon cœur que je pouvais
à peine respirer. Nous arrivâmes enfin. Ma mère, quoique préparée à
mon retour par une lettre que je lui
écrivis de Bordeaux, fut hors d'état
de soutenir une si touchante entrevue; à peine m'eut-elle ouvert ses
bras que je la vis pâlir et tomber en
faiblesse.

— O ma mère! ma tendre mère!

m'écriai-je en la pressant contre mon
cœur, revenez à vous et bénissez encore une fois votre fils.

Agathe, ma sœur, s'empressa de
lui faire respirer des sels ; nous étions
tous plongés dans de cruelles alarmes, son extrême délicatesse nous
faisait appréhender les suites de cet
accident, et je priais Dieu tout bas
avec ardeur de ne point me ravir
cette excellente mère au moment de
notre réunion. Elle reprit enfin ses
forces et m'accabla des plus tendres
caresses.

— Ah, mon enfant! me dit-elle
avec un grand soupir, le Ciel a donc
enfin exaucé ma prière! il me permet de t'embrasser avant de mourir!
maintenant je n'ai plus que des grâces
à lui rendre, et il peut, quand il
voudra, disposer de mes jours.

— Ne parlez point de mourir, lui répondis-je, vivez plutôt pour jouir de mon amour et de mes soins : je ne vous quitterai plus.

Ma mère secoua faiblement la tête. Je fus frappé alors de l'altération de ses traits et des tristes changemens que sept années avaient produits en elle, quoiqu'elle fût déjà fort languissante avant mon départ. Elle lut mon chagrin dans mes yeux, et répondant aussitôt à ma pensée :

— Tu devais t'attendre, mon cher fils, poursuivit-elle, aux ravages que tu remarques sur mon visage. Le mauvais état de ma santé, depuis plus de dix ans, aurait dû déjà abréger mes jours, et il serait peu sensé à moi de compter sur une longue carrière ; mais ne songeons en ce moment qu'au bonheur de nous revoir, nous aurons assez de temps pour nous entretenir du reste.

La voyant très-fatiguée de ses émotions, nous la pressâmes de se jeter sur un lit de repos pendant que de notre côté nous changerions d'habits et ferions honneur au repas que ma sœur nous avait préparé. Cette bonne Agathe était toujours demeurée la fidèle compagne de sa mère; en vain plusieurs partis s'étaient présentés pour elle, elle les avait tous refusés pour se consacrer uniquement à son devoir. Combien son exemple me faisait rougir de ma conduite passée!

Augustin continuait de travailler en horlogerie chez un ancien ami de notre père; ma sœur Henriette était placée dans une maison de commerce à Lorient; il ne restait à la maison qu'Agathe et Monique, la plus jeune de la famille.

Ma mère habitait toujours à la
campagne la petite maison dans' laquelle je l'avais laissée, et dont l'apparence, toujours la même, prouvait suf-
fisamment que son amour pour la simplicité ne s'était point démenti. Cela
n'empêchait pas cette retraite d'être
fort agréable. Sa situation sur une colline plantée d'arbres, à travers lesquels
on découvrait l'Océan, aurait été en-
viée des plus riches propriétaires, et
son sol répondait généreusement aux
soins qu'on prenait de le cultiver. Dans
les endroits où les points de vue se pré-
sentaient favorablement, Augustin,
pendant les jours dont il pouvait disposer, avait construit des berceaux
où il avait placé des bancs pour s'asseoir. C'étaient autant de secours
préparés à la faiblesse de notre mère,
incapable de supporter une longue ·

marche. Cette pieuse attention de
mon frère, que Monique me faisait
innocemment remarquer, se chan-
geait pour moi en reproche, et me
rappelait douloureusement ce que
j'avais souffert dans le temps qu'Augustin se livrait paisiblement à de si
douces occupations.

Ma mère souhaitait passionnément
d'entendre le récit de mes aventures ;
mais son médecin ne me permit pas
de la satisfaire avant qu'elle se trou-
vât parfaitement remise de l'impression que lui avait causée mon retour.
Hélas ! qu'il connaissait bien sa sensibilité maternelle ! quelques précautions que je prisse d'adoucir les
plus tristes circonstances de mon
naufrage, elle ne put les écouter sans
fondre en larmes et se troubler comme
si le danger subsistait encore. Il y

avait aussi des momens où une véritable douceur se mêlait pour elle aux impressions déclinantes que lui causait le souvenir de mes maux. En apprenant combien son image m'avait fidèlement accompagné dans ma solitude, la satisfaction brillait dans ses yeux, et lorsque je lui parlai de ma chapelle de Sainte-Clémence, elle se jeta tendrement à mon cou, en m'apelant la consolation de ses derniers jours. Mon récit achevé, elle prit mes deux mains dans les siennes et s'adressant à Agathe :

— Te souviens-tu, ma chère fille, lui dit-elle, des songes que je t'ai racontés si souvent, et durant lesquels il me semblait voir mon pauvre George luttant contre les flots, ou jeté sur un écueil au milieu de la mer? Vous aviez beau pleurer sa mort, je ne sais quel pressentiment m'empêchait d'y croire comme les autres, et malgré tout ce qu'on a pu me dire, mon cœur n'a jamais désespéré de le revoir. Je n'ai jamais souffert non plus qu'on t'accusât de négligence, continua-t-elle en me regardant avec beaucoup de tendresse; j'étais trop certaine qu'un fils qui n'a pu aller plus loin que d'ici à Lorient sans consoler sa mère par l'expression de son amour, ne l'aurait pas laissée pendant sept ans dans des inquiétudes mortelles, s'il eût dépendu de lui de les lui épargner.

J'embrassai cette excellente mère pour la remercier de la justice qu'elle me rendait. Elle me demanda ensuite ce que je comptais devenir.

— Tout ce qu'il vous plaira, lui répondis-je, je ne veux avoir désormais d'autre volonté que la vôtre ; mais si vous voulez me dédommager de tout ce que j'ai souffert, permettez-moi de vivre auprès de vous et de m'y occuper de travaux champêtres. J'ai été trop puni de mon ambition pour en conserver aucunes traces. Je sens que le repos de la campagne, les plaisirs innocens qu'elle procure, et notre affection mutuelle, suffiront à mon bonheur.

Un pareil plan ne pouvait qu'être approuvé de ma bonne mère. Nous convînmes cependant de le soumettre aux lumières de notre vieil ami, M. Prior, qui méritait bien cette condescendance de notre part. Il trouva mon projet trop raisonnable pour mon âge, et parut douter un peu que je le soutinsse avec constance ; mais je l'assurai que ma conduite à l'avenir lui ferait voir que j'avais su profiter de mes malheurs, et je lui ai tenu parole.

Landemeau étant une très-petite ville, on ne s'étonna point que mon retour et mes aventures, dont il circulait des récits assez fabuleux, me rendissent le sujet de toutes les conversations. Toute la ville vint me rendre visite, les uns par civilité, les autres par affection, le plus grand nombre par curiosité. Je tâchai par ma complaisance de m'attirer la bienveillance de mes concitoyens, car les déplaisirs d'une solitude absolue m'avaient appris à mieux sentir les avantages de la civilisation, et les douceurs qu'on peut tirer de la société des honnêtes gens. Mais plusieurs personnes qui se souvenaient des sentimens d'orgueil et d'ambition que je nourrissais dans ma jeunesse, eurent besoin que l'expérience les convainquît de la sincérité de ma modération présente, pour m'accorder franchement leur estime; néanmoins ma conduite soutenue triompha de leurs préventions, et elles devinrent par la suite mes meilleures amies. Je ne dois pas non plus oublier les caresses que tout le monde faisait de concert à mon fidèle Azor. Quoique je n'en aie rien dit depuis assez long-temps, nous avions continué de partager la même fortune; il devint le favori de ma mère, qui le regardait avec raison comme mon consolateur.

Dieu, dont la bonté voulait sans doute me dédommager de mes longues souffrances, ajouta au bonheur dont je jouissais déjà, celui de forti-

fier la santé de ma mère. Dès qu'elle
cessa d'être inquiète et malheureuse,
ses infirmités disparurent. Elle reprit
l'embonpoint et la fraîcheur du prin-
temps de sa vie ; une aimable gaîté
remplaça sa mélancolie habituelle ;
elle m'appelait son Esculape, m'assurant que mon seul retour l'avait gué-
rie ; et moi je m'enorgueillissais de
sa beauté comme un amant se glorifie
des attraits de sa maîtresse.

Deux ans après mon arrivée dans
ma patrie, ma sœur Agathe se maria
avantageusement. Je fis choix pour
moi-même d'une jeune personne plus
aimable que jolie, plus vertueuse
que riche, qui partagea mes soins et
mon affection pour la meilleure des
mères. Notre bonheur ne fut troublé
que par la perte de notre bon ami
M. Prior, que la mort nous enleva

la première année de mon mariage.

Maintenant, mon cher Lecteur, si pendant une partie de mon histoire vous avez pris part aux funestes revers qui m'ont accablé dans un âge où la plupart ne connaissent que les plaisirs, partagez aussi la félicité dont je jouis. Ma mère, ma femme et mes amis ont prétendu que le récit de mes aventures pouvait former un livre aussi intéressant qu'instructif, ils m'ont pressé de les rédiger par écrit, et d'employer à cette occupation les longues soirées d'hiver, où l'on a tant de loisir à la campagne. Après avoir entrepris cet ouvrage pour les satisfaire, je l'ai continué par goût, trouvant un secret plaisir à me rappeler des disgrâces dont la Providence m'a si amplement dédommagé.

FIN DU DERNIER VOLUME.

TABLE

DES CHAPITRES

CONTENUS DANS CE VOLUME.

FIN DE LA TABLE.

www.ingramcontent.com/pod-product-compliance
Lightning Source LLC
Chambersburg PA
CBHW061428030726

47503CB00005B/1344